講談社

村雲菜月

もぬけの考察

目次

装画　桂川峻哉
装幀　川名　潤

もぬけの考察

初音

初音の趣味は蜘蛛を飼い殺すことである。

飼うと言っても飼育用に蜘蛛を購入するのではなく、部屋に湧いた蜘蛛を捕らえて調達する。主に対象となるのは部屋の小蠅やダニなどを捕食するハエトリグモと呼ばれる家蜘蛛で、正式にはアダンソンハエトリという洒落た名前もある。この蜘蛛は家の中に湧いた虫を捕らえて食べてくれる益虫なので決してぞんざいな扱いをして良い蜘蛛ではないが、初音としては家賃を払っている世帯主に断りもなく部屋に居座るのであるから立派な住居不法侵入であるし、たとえそれが人でなくとも相応の覚悟を持って入ってきてもらわねば困ると考えている。そのため初音は常に部屋に入ってくる虫に対しては加虐的な姿勢をとることに決めている。そんな初音の考えを汲み取ってかたまたまなのか、一般的に最も部屋に出ることを恐れられている昆虫は初音の部屋に出ることはなかったし、蠅の一匹も現れたことはない。もしくは、決して初音に姿を見せることなくひっそりと息を潜めて生活しているのであった。

しかしながらどの地域のどの住居に住んだとしても、このハエトリグモというのは年に一度は必ず無断で部屋へ侵入しては初音に挨拶しに訪れる。ふと壁に黒い染みのようなものがあると思えばそれは白いキャンバスの上を不規則に動き回り、時には飛び跳ねたりして初音を挑発する。初音の目に留まった直径一センチ程度のハエトリグモはまずポリ袋で捕獲され、初音が頻繁に白米にかける海苔の佃煮が入っていた空き瓶に収められる。そして蓋をきつく締めたハエトリグモ入りの瓶をベランダに続く掃き出し窓のそばに置いて餌を与えることなく死ぬまで放置する。初音にとってはベランダのそばに置くことが未だに外で活動している同郷のハエトリグモたちに対する見せしめだと思っている。最初の一週間ほどはハエトリグモにも元気があるので瓶の中で軽やかな音を立てて跳ね回っているが、栄養が一切与えられないのでだんだんと動きが鈍くなる。二週間が過ぎるころには初音の興味は瓶以外のものに向いていて、一ヶ月も経って思い出したころには黒い生き物は干からび、足を縮こませて丸くなり瓶の底に転がっているのだった。瓶の中のハエトリグモの顛末を見た初音は「私の部屋に入ってきてしまったばかりに可哀想だなあ」などとどこか他人事のように同情する。一ヶ月前に初音が感じていた怒りはもう他人の感情になっている。初音は瓶を手に取ると掃き出し窓を開けてベランダに出る。きつく締めていた瓶の蓋を開けて逆さまにすると、中にある黒い塊が風に舞うようにマンションと向かいの建物の隙間に落ちていく。それが今までの初音の生活で年に最低でも一度、昨年の夏は五度ほど行われたことだった。

初音が埃っぽい布団の中から気怠げに起き上がり、スマートフォンを手に取るとメールが入っている。眉間に皺を寄せて「勤怠について」というタイトルのメールを開くと「三ヶ月経ちましたが、体調はどうですか？　来月からのことについて連絡ください。」と書かれていた。今日が平日か休日か、今が朝か昼か夜かなんてことを初音はもう三ヶ月近く考えていなかった。働かなくなった人間としては当然の感覚と言える。

このような状況に陥っているのはおそらく、年末年始の休暇明けの出勤日にこんなことがあったせいだ。彼女は最寄駅のホームに立っている時にふと頭の中に靄がかかったような違和感を覚え、そのまま反対方向の電車に乗り込んで海まで行くと、コートを着たまま砂浜に寝転がって午前中を過ごした。そしてその時、会社の誰からも連絡が来なかったのが悪かった。それを機に初音は一切の出社する気力が削がれてしまったのだと思う。初音の会社は出社しなくとも家のコンピュータから会社のシステムに接続して働くことができるようになっていたので、定時に会社のデスクに人がいなくてもおかしなことではなくなっていた。他人の予定を常に把握するほど同僚たちは暇ではないし、上司にしてもすぐに出社していないことに気付くことが以前よりは難しくなっていたのだった。初音はその日の昼ごろには部屋に戻ってきて、今からでもコンピュータから会社に接続しようかとも思ったのだが、見えないことをいいことに善良な顔で働くことにも、同情を誘うような言い訳を考えることにも、そもそも自分がいなくても誰もさして騒ぎ立てないことにも嫌気が差して全く働く気にはなれなかった。しようがないのでコートの砂をはらい落としてクリーニング店に持って行った後、正月気分を引き摺っている昼の情報番組を見ながら時間を潰した。翌日になっても働く気にはなれず、無断でさぼっているとようやく上司から連絡が来て、その電話を無視すると一時間おきにかかってきたので昼過ぎに受けて頭痛で寝込んでいたのだとため息混じりに嘘をついた。その翌日も同じ要領で嘘をついてさらに一週間休んだ。このあたりから上司の手には負えなくなったと判断されたのか、人事部から電話が来て、そこでは精神的にも調子が悪く二週間休むと心苦しげに伝えた。二週間後に電話がかかってきたときには一ヶ月休職すると伝え、するとちょうど一ヶ月が経つ一週間前に上司からメールが来たので、再度延長を申請した。そんな風にして、初音は働く気が起きるまでそれを繰り返すつもりでいる。原則として休職は三年まで許されているが、それは文言として記載されている決まりであり三ヶ月も不透明な理由で休んだ時点で周囲の初音を見る目は変わってくるだろうし、接し方も変わってくることが容易に予測できる。初音のいないデスクの周りでは初音に対する主に消極的な憶測が飛び交い、皆一様に扱いに困って顔を曇らせているであろうことを想像すると、ますます復帰することが難しくなった。休日は会社の知り合いに出くわすと気まずいので、外に出る気にはならなかった。幸い部屋の中で過ごすためのしつらえは万全だった。引っ越してきてからの一年で買い足したり入れ替えたりしながら八畳半の部屋の中には腰が痛くならない椅子、一人暮らしにしてはサイズの大きなテレビ、清潔でスプリングの利いたベッド、空気清浄機が揃っている。外食もあまりしなくなったので、凝った自炊ができる程度に鍋やフライパンなどの調理器具も整っている。一日を不自由なく過ごせる部屋の中で初音は茫漠とした時間を主にベッドに寝転がってテレビでネットの配信動画を流し見てやり過ごしていた。

空室であった隣の部屋に女が引っ越してきたのはそのころだった。初音が部屋で昼過ぎまで寝ているとインターホンが鳴り、モニターを確認すると真っ暗な画面に玄関から呼び出しであるという表示が出ていた。初音の住むマンションはオートロックで、宅配などは一階のエントランスから呼び出しがあってモニターで顔を確認してから鍵を開けている。真っ暗な画面から車が四車線の道路を駆ける音が聞こえてきた。声はしないが、初音の部屋のドアの前に人が立っているということだ。こちらから声を出すのを窺っているようにも感じられる。三ヶ月、まともに人間と話していない初音は恐る恐る声を出した。

「はい」

「あの、隣の四〇九号室に引っ越してきた者です」

真っ暗なモニターから少し強張った若い女の声が聞こえた。今時、引っ越しの挨拶にくる方が珍しい。というより不審である。初音は今までの人生で引っ越しの挨拶をされたこともしたこともなかった。

「はあ」

「お話があるので良いでしょうか?」

「今ちょっと忙しくて」

「すみません、どうしてもお願いしたいことがあるんです。少しだけなので」

インターホンの真っ暗な画面から切実そうな声が聞こえる。それは数メートル先、鉄のドア一枚隔てた場所から発声されている。もしかすると他の住人が間違えてマンションの中に入れた部外者かもしれない。きっとそうだ。それがこうして一部屋ずつまわって何かしらの勧誘や訪問販売をしているに違いない。そう初音は思った。しばらく帰るように伝えても女はしつこく一向にドアの前から立ち退こうとしないので、初音はそろりと玄関まで行きドアスコープを覗いた。黒いシャツにスキニーのジーンズを穿いた背の高い細身の女が見えた。困り果てたように眉を歪めてインターホンに向かって話し続けていた。歳は初音と同じか少し若く見える。彼女が手に何も持っていないことを確認すると、初音はU字の内鍵をかけたままゆっくりとドアを開けた。十センチ程開いたドアの隙間から見えた女の表情はほんの少しだけ安堵したように緩んだ。

「はじめまして。今日引っ越してきたのですが、鍵が開かなくなってしまって。ここの鍵、鍵穴とナンバーキーがあるじゃないですか？　その、ボタンを間違えて押してしまって鍵が利かなくなってしまったみたいなんです。それに、今日は日曜日だから、管理会社にも連絡がつかないし。ああ、私、今財布も部屋の中にあって何もできなくて」

挨拶もそこそこに女は幅十センチの隙間に向かって必死にベラベラと状況を説明しはじめた。それが彼女にとっての非常事態であることは十二分に伝わってくる演説であった。

「それで、ベランダの鍵は開いているので、あなたの部屋のベランダから移動させて欲しいんですけど」

初音は一度「はあ」と同情や共感とも取れる声を漏らしてから、はたと問題に気づいた。

「あの、お願いします。もうこれしか方法が思いつかないんです」

矢継ぎ早に言われて一瞬そのまま聞き流しそうになったが、初音は女に向かって一旦待つように言うとドアを閉めた。初対面の人間を部屋に入れるほど初音は無用心ではないし、人に会う予定もなかったので寝巻き姿であるし、部屋も埃っぽい。そもそも本当に女は隣の部屋に引っ越してきた住人でありベランダの鍵は開いているのだろうか。そのように疑い、初音は部屋の掃き出し窓を開けてベランダに裸足のまま出た。ベランダの柵から顔を出して右隣の部屋の仕切りに手を掛けて覗くと、カーテンもかかっておらず、家具の一つもないまっさらな部屋の状態がはっきりと見えた。確かにベランダに出る窓の鍵は開いており僅かに隙間が開いているのが見えた。どうやら女の言っていることは本当らしかった。しかし、問題はここからである。この柵を伝って隣の部屋に行くことに安全は一切保証されていない。初音が住んでいるのは四階であり、地上からは十メートル以上の高さがある。初音の部屋の向かい側には廃屋があり、マンションとの隙間に敷かれた砂利には日が差し込まず、地面を覗き込むと薄暗闇が広がっている。もしこの高さから落下したら運が良くとも間違いなく骨は折れるし、最悪の場合落命という結末が待っている。初音なら絶対にそんなことは考えない。そもそも、ベランダの鍵を開け放して外出しようとする人間の気持ちが初音にはまるで理解できなかった。どうしてそんなことが起こるのだろうか。

「今見てきたのですが、ベランダから越えるのは難しいと思うので違う方法を考えた方がいいと思います」

申し訳なさそうに言って初音がドアを閉めようとすると、女のスニーカーがドアの隙間に勢いよく入り込んでそれを制止した。

「それはできません。引っ越してきたばかりで頼れる人もいないんです。今日どこにも行く当てなんてないし、そこにスーツケースもあるんですけど」

そう言って女は視線を横にやったので初音も内鍵を開けて隣の部屋の前を見ると、確かに黒い海外旅行用くらいのスーツケースが転がっていた。女の口調はどこか訛りを感じたので、もしかすると進学とともに引っ越してきた世間知らずな大学生なのかもしれないと初音は考えた。しかしたとえ田舎から出てきたのだとしても、大学生だとしても隣の住人の部屋にいきなり押し掛けるなどしていい理由にはならない。

「そんなこと言われても、私には関係ないですし」

「ちょっとだけ、確認するだけでいいので見させてください。お願いします」

内鍵を開けた初音が愚かだった。女は無理やりドアを開けて初音の部屋に入り込むと、初音の部屋の状況には目もくれずにベランダまでずかずかと直進した。初音は慌ててそれを追いながら部屋に干しっぱなしにしていた下着や放置していた流し台の食器のことが気になった。

「待ってください、絶対無理ですから。やめたほうがいいですって」

「いいえ、これなら頑張ればなんとかなると思います」

ベランダに出た女は初音の言うことに一切耳を貸さずに呑気なことを言うと、ベランダの柵に足をかけた。ベランダの柵は足をかけるために作られていないので、当然の様にみしみしと音を立てて若干揺れた。

「え、いや、やめてください。本当に。まじで、お願いしますって」

「大丈夫ですよ、っと」

初音の部屋と隣の部屋の間にある仕切りをすらりと長く骨張った両腕で抱え込み、女はベランダの柵に腰を下ろすと、跳ねるように体重を移動させてふっと初音の視界から消えた。仕切りの向こう側から鈍い衝撃音が聞こえた。その音が聞こえた時、女ではなく初音の方が短い悲鳴をあげた。

「大丈夫ですか？」

「はいー」

震える声で初音が尋ねると能天気な女の声が隣のベランダから聞こえた。それを聞いた初音は柵に片肘をついてほっとしたようにため息をついた。女はベランダから自室へ入ると、再度初音の部屋を訪ね、玄関に置き去りにされた自分のスニーカーを履き礼を言ってから戻っていった。「学生さんですか?」と初音が訊くと「はい。あ、いや、今年から社会人です」と女は初々しく言った。こんな非常識な人間でも社会人として働くのだなと初音は自分のことを棚に上げて思った。初音は久しぶりに人と話したことや、人を部屋に入れたこと、世間知らずな女の行動の奇怪さに三ヶ月以上感じていなかった刺激を受け、しばらく放心状態で床に転がった。いたずらな春風に吹かれた様な心地がしていた。その日は初音にとって三ヶ月ぶりにベランダの窓を開けた日でもあり、部屋の中には新鮮な外の空気が循環していた。

一日中部屋にいると隣の住人の気配を否が応でも感じるので、会社へ行かなくなってからというもの、初音は隣人の生活音にそっと耳をそばだてて生活している。初音が引っ越して来る前から隣の四〇七号室に住む中年の男はおそらくサラリーマンで規則正しく朝出勤し、夕方帰宅する生活を送っている。二十時ごろになると大きな咳を何度もするので喘息を疑っているが、逆に咳が聞こえないということは不在を意味する。そんなふうに隣人の存在を三ヶ月かけて感じてきた初音だが、四〇九号室に引っ越してきた女の部屋から一切の物音が聞こえないことに不審を抱いていた。四〇九号室には引っ越し業者が荷物を運んできた気配もなく、新居を整える時に発生するはずの雑多な音が聞こえてこなかった。もしかするとそのすべては初音がたまたまスーパーへ買い出しに行っている僅かな時間に行われていたのかもしれないが、新社会人だというのに朝の身支度の音一つしなかった。僅かに聞こえる生活音は、決まって夜中にこん、こん、こん、こんと軽く壁や床、時には天井を叩くような音がするだけである。それが大きくなったり小さくなったりしながら毎日繰り返され、女が隣の部屋に引っ越してきてから二週間程続いている。その音について初音は、女が夜中に家具を組み立てているのだと考えている。入社した会社でこき使われ疲れ果てて帰宅した後に家具を組み立てる女。今日は椅子か、カラーボックスだろうか。真夜中にやるのであまり音も立てられず、進捗が著しく悪い女の新居を思い浮かべながら初音は目を閉じていつの間にか眠っているのだった。

初音には稀に見る夢がある。それは過去にこの部屋に住んでいた住人と鉢合わせる夢だ。住人の名前は「花房千紘」という。初音はその名前を一年前、このマンションに引っ越してきた初日に知った。初音は引っ越しを機に大きなものは洗濯機、小さなものは箸やスプーンまで様々なものを買い換えていた。引っ越し作業のすべてを当日に完遂できるようにスケジュールを組み、その日のうちに購入品が新居に届くように手際良くインターネットで注文をすませていた。初音は今でこそ部屋に引き籠もって生きること以外何もしていないが、その気になれば計画的に仕事ができる人間なのである。少なくとも一年前まではこんなに弛んだ顔をしてはいなかった。

引っ越し当日、様々な配達業者が初音の部屋を訪ね、荷物を運び込んだ。やがて、ポストに配達される予定の小包までインターホンが鳴り玄関まで持ち込まれるようになった。配達人たちは皆一様に玄関先まで来て、訝しげに本人確認をして初音に荷物を渡していった。配達人たちの態度を不審に思った初音はまだ確認していなかったエントランスのポストを確認しに部屋を出た。しばらくして部屋に戻った初音は四〇八号室のポストから大量の郵便物を持ち帰った。四〇八号室のポストには、これ以上何も入らないと悲鳴をあげんばかりに紙類が詰め込まれており、その鍵は壊れて開いていた。何者かに破壊されたというよりは、内側からの圧迫に負けて蓋が歪んだような壊れ方をしていた。初音はポストに入っていたものをすべて新居の床に広げ、チラシとそれ以外を分別していった。その光景は警察が押収した窃盗物をブルーシートに並べる作業に似ていた。チラシ以外の宛名の記載された郵便物のすべてには花房千紘という名前が記載されている。配達時期は半年ほど前から直近では初音が越してくる一週間前の消印がついた郵便物も入っていた。部屋番号は四〇八号であるから、おそらく以前にこの部屋に住んでいた人間であると初音は推測した。ポストに押し込められていたのは、水道の検針票、ガスと電気の検針票、出前や不動産のチラシ、弁護士事務所からの茶封筒、展覧会のダイレクトメールなど。明らかに本人が受け取るべきである重要書類も含まれている。水道の検針票は半年前から0㎥と記載されていた。つまりここに以前住んでいた人間は半年前から部屋を不在にしていたのだろうと初音は考えた。膨大な量の郵便物を見るに、その間は誰もこの部屋には足を踏み入れていなかったに違いない。ポストの故障も含めて管理会社に電話をすると、届いていた郵便物はすべて個人で郵便局へ届けるように言われ、その手抜き仕事に初音は憤慨した。「この部屋に前住んでいた人、もしかしてちゃんと退去手続きしてなかったりしませんか?」とついでに管理会社に確認を取ると「個人情報ですので回答しかねます」とだけ返ってきた。ならばポストの中身くらいちゃんと処分しておいてもらいたいものだと初音はさらに腹を立てた。大量の郵便物を見るに、花房千紘が管理会社へ鍵を返却して円満に退去したとは初音にはどうしても思えなかった。部屋の鍵は交換しているだろうが、共用部のオートロックはどうとでもなる。引っ越して数週間は四〇八号室の前に花房千紘なる人物が立っていたらという妄想が付き纏い、初音は部屋から出る際はドアスコープから見える範囲を隈なく見渡して人影が無いのを確認し、帰宅の際は執拗に周囲を見回してから素早く鍵を開けて滑り込むように部屋に入った。もし花房千紘が訪ねてきたら、という途方もない妄想ばかりが初音を引っ越し後ひと月ほど悩ませ、一年以上経った今でも頭の片隅に居座っている。先日引っ越してきた女のように玄関の前に知らない人間が立っていたりすると、顔が真っ黒に塗りつぶされ輪郭のぼやけた女が夢に出てくるのである。

ちょうどこの日はそんな悪夢を見て目が覚めた。干からびた起き抜けの体に塩素の味がする不味い水道水を流し込み、鼻のてっぺんにかかるほど伸びきった前髪を邪魔そうにかき分けながらテレビを点けて昼であることを確認する。それから大量に冷凍している食パンを取り出すとトースターで解凍してマーガリンを塗ってかじり、シャワーを浴びるとシャンプーが切れていることに気が付いた。日が沈んだころ、初音はシャンプーを買うために一週間ぶりにジーンズを穿き、パーカーを羽織って、ドアノブを押した。しかし、ぐんと力強く押してもドアは開かなくなっていた。鍵は開けている。内鍵も開けている。けれど内側から押しても引いてもドアはびくともしなかった。反対側に人がいるのかと思い、ドアスコープを覗いてもいつもと変わりない四車線の道路と反対側に聳えるビルや飲食店などの風景がレンズ越しに広がっているのみだった。常に部屋にいたというのに、気付かぬうちに地震が起きて建て付けが悪くなったのか、鍵がかかっているというよりも、ガムのように粘着力のあるもので隙間を封じられているような身動きの取れなさを感じるのだった。初音は首を傾げて居間に戻ると、鞄を置いて椅子に腰掛け、出掛けるのは明日にしようと思い直した。

ドアが開かないことは日々出勤している人にとっては緊急事態であるが、今の初音にとってはそれほど重大な出来事ではないようだった。シャンプーが買えなければ固形石鹸で代用すれば良いだけのことであるし、それ以外に外へ出る目的がこの時の初音にはなかった。身だしなみというのはある程度は他人のためにあるものだし、外に出ていた時は気を遣ってブランド物の基礎化粧品なんかを使っていた初音もここしばらくはドラッグストアで買える一番安いものを使うようになっていた。それよりも、外的要因で会社へ行けなくなったという大義名分が与えられたことに、これまで初音に重くのしかかっていた罪悪感が消え、ここ数ヶ月でもっとも心が軽くなったようだった。とりあえず一度出社してきて欲しいという上司のメールに対しては「ドアが開かなくなったので難しいです」と返答して初音はその月も仕事を休んだ。上司はついに初音の頭がおかしくなったのだと思い何度も電話を寄越したが、初音がそれに応じることはなかった。自分が加害者ではなく被害者なのであるという自覚が、初音の心を何よりも落ち着かせていた。

　正直なところ、初音は一週間もすればドアは何事もなかったかのように開くのではないかという楽観もしていた。彼女の人生の中でこんなへんてこなことが長続きした例しがないからだ。しかし、ドアは一週間経ってもやはりびくともしないのだった。管理会社に電話をかけたが休業日というわけでもないのに何度かけても繋がることはなかった。いつかけても留守番電話になるか電話が込み合っているのでかけ直すように、というお決まりのメッセージが再生されるだけだった。開かなくなったドアをよく見ると、白いカビのようなものがドアの縁を侵食していた。それはティッシュで拭うと繊維のようにバラバラになり、宙を舞った。毎日拭いても翌日になるとまた侵食しており、日に日に白色が濃くなり面積が広がっているようにも見えた。それを見るたびに初音は気分が悪くなるので、諦めて玄関へはあまり近づかないようにした。

ドアが開かなくなってから二週間が経った。戸棚を探すと缶詰に入った肉だとか、瓶の漬物だとか、箱入りのレトルトカレーだとかが大量に出てきてしばらくは問題なく過ごせたし、生活必需品もある程度のストックがあったのでやりくりが出来た。不思議なくらい部屋の外に出ずとも生活は成立した。しかしながら一つだけ問題が生まれた。ゴミを出していないせいで部屋に虫が湧きはじめたのである。ドアが開かないため、二週間分のゴミが玄関の付近に置かれていた。そこに吸い寄せられるようにしてどこからともなく小さな虫が発生している。見つけるたびに潰すがキリがなかった。そして小さな虫の発生とともに、白い壁をくるくると動く黒い点も現れた。それはジグザグと不規則に八本の足で壁を移動するハエトリグモだった。初音は暫くそのハエトリグモの軌道を目で追った。いつもなら真っ先に捕まえて瓶に入れる初音だが、そんなことにはもう意味がないような気がした。部屋に閉じ込められた初音はこの時ようやく他人事ではなくハエトリグモに共感することになった。

ハエトリグモはくるくると壁や天井を行ったり来たりし、時にはベッドの上に飛び乗ってくしゃくしゃになった羽毛布団の上を山脈を越えるようにバランスよく一定の速度で進んでいた。そうしてベランダに続く掃き出し窓の前までたどり着くとカーテンの下をくるくると歩き回っていた。ハエトリグモを目で追いかけ続けていた初音もベランダの前にしゃがんだ。その時、初めて初音はベランダに続く掃き出し窓ならば開くのではないかと思い至ったのである。力を込めて横に引くとあっけなく窓は開き、その開いた隙間からひょいと跳ねるようにしてハエトリグモは外へ出て消えて行った。

初音は干からびたハエトリグモを捨てるとき以外でこの掃き出し窓を開けることはほとんどなかった。空気の入れ替えも通気孔に任せてほとんど行っていなかったし、日常生活で窓の外を積極的に見ることはなかった。四階の窓から見える景色は最悪である。向かいの廃屋の屋上が見えるのであるが、いつから使われていないのかもわからない蓋の割れた洗濯機だとか、錆びた三輪車だとか、割れた鉢植えだとか、台風で飛ばされてきたみたいに常に湿っていて破けた段ボールが散乱している。時折、汚い太った野良猫が日向ぼっこしているが、その風景を見るだけで心が荒むので、部屋にいる間は昼間でもカーテンを閉め切り、照明をつけっぱなしにしていた。だが、外に出たら出たで日光のまるで差し込まない北向きのこの部屋でも開放感を感じられた。初音は深呼吸すると、玄関に置かれたゴミ袋二袋を一旦ベランダに避難させた。四〇八号室のベランダから見える風景に人が現れることはない。目の前に廃屋がいくつかとその向こうに電車の通る高架線、そのさらに向こうに川が見える。物音だって電車の音や救急車のサイレンの音が聞こえてくるのみである。初音には近くに住んでいる友人はいないし職場に気の許せるような相手もいない。遠方に住む両親には出社しなくなったということを打ち明けられずにしばらく連絡もしていなかった。真っ先に頼れる人間が思い当たらないことに気付くと、途端に孤独に感じられて誰でもいいから縋りたくなってくる。

そんな時、こん、こん、こん、こん、と隣の女の部屋から物音が聞こえた。それは隣の女が唯一立てる生活音だった。その音を聞いた初音は、もしかするとこの前のように今度は隣の女が自分を助けてくれるかもしれないと思った。初音は裸足のままベランダに出て柵に手をかけ、四〇九号室のベランダを覗くと、繊細なレースカーテンのようなもので窓は覆われていて部屋の中はぼんやりと薄暗く、はっきりとは見えなかった。しかし物音がしたのだからきっとあの女がいるはずだと初音は思った。初音は柵に足をかけた。本来隣のベランダとの間にある仕切りは非常時に突き破っても良いとされているが、本当に突き破れるのかを初音は知らないし、突き破ったところを見たこともないのだから実践もできないのが正直なところである。実際、四〇九号室の女は突き破らずに、柵に乗って飛び越えたのである。今回も、突き破る前にまずあの時の女のように柵に登ってみようと初音は考えた。それは正常な判断ではなかったが、三ヶ月以上他人とまともに話さなかった人間の正常性というものはあまりに脆く、何より女が軽くひょいと柵をよじ登って越えていった姿が初音の脳裏には強く焼き付いていたのだった。

みしみしと鳴るベランダの柵に腰をおろし、決して下は見ないように重心を移動させる。初音の左半身が四〇九号室のベランダに侵入すると、四〇九号室の中からは天井を走り抜けるようなけたたましい音が響いてきた。その時初めて初音は白いレースカーテンのようなものの向こう側にいる女と目が合った。女は天井に張り付いて初音を見ていた。

初音は女と目を合わせたまま、明らかに動揺して全身をこわばらせていた。それは久しぶりに見た人間が常識とはかけ離れた位置にいたからかもしれないし、そもそも人間ではない生き物だったからかもしれない。初音は悲鳴どころか震えで一言も発することができず、ただ女の目を見つめていた。女もじっと黙しながら初音を見つめているのみであった。その表情は笑うでも怒るでもなく、同情すらもなく、その目でただ初音の全体像を鮮明に捉えて次の行動を窺っているのだった。それだけだった。初音はすぐさま引き返そうという姿勢を見せはしたが、柵に腰をおろした状態で体が震えて上手く手足が動かなくなっていた。初音は一瞬の間に、あのまま部屋にいれば良かったのだと後悔したり、このまま引き返したところで自分は一体どこへ行けばいいのだろうかと途方に暮れたりもした。次に動かすべき手足や方向について考えを巡らせては、どれも最適ではないように思われた。つまりはひどく混乱をしていた。

あっと熱湯が手に掛かった時のような短く間抜けな初音の悲鳴が聞こえ、爪で金属を引っ掻くか細い音が鳴った直後に、重たくて柔らかいものが柵にぶつかったときの鈍い金属音がマンションと廃屋の隙間に反響した。反響が止んだ後、声の一つもしないまましばらくの沈黙が続いて、その沈黙を確認したように、四〇九号室のベランダの窓がゆっくりと開く音が聞こえてきた。

末吉

末吉は元々内気で不器用な男であった。

そんな男がどうして繁華街の交差点で手当たり次第女に声をかけて夜を浪費しているのかといえば、彼の中に燻っていた何かを変えたいという気持ちが空回りしているからに他ならない。実際のところ彼の自己変革に女は絶対条件ではないと思われる。

末吉は大学入学を機に一人暮らしを始めた。ようやく自由な生活を手に入れた末吉は、数週間後に黒髪を赤茶に脱色し、皺くちゃのチェックシャツを大柄の開襟シャツに取り替え、褪色したジーンズを流行りのスラックスに穿き替えた。それらの格好のすべては本人の趣味というよりは体裁よくまとめられたインフルエンサーのSNSを参考にしているように見える。二年間の浪人時代を乗り越えて大学に進学し、与えられた膨大な時間の消費の仕方がわからないが故の暴発であると見受けられる。そのうちたちの悪いネットの記事に感化されたのか、日が暮れたころに身嗜みを整えて部屋を出ていくと、翌日の早朝に部屋に戻ってくるという日々が続いた。そんな生活を送っているうちに、毎朝規則正しく起きることも難しくなった。幸い末吉は朝起きて大学へ通う必要は無いので、起き抜けに寝癖のついたままの髪とスウェット姿でノートパソコンを開いてそこからオンラインの講義に出席している。カメラをオフにしたまま講義を視聴すること、講義の後に適当にそれらしい感想文をメールすること、学期末のテストや提出課題をこなすことがほとんどの科目で課された単位を取るための条件だった。入学して以降ずっとこの生活が続いているので、講義がこの形式でなければ末吉の生活は成り立たないと思われる。二度の浪人をしてまで入学した大学にも通っているという実感はなく、入学してから見つけようと思っていたやりたいことすらも末吉の周りには取っ掛かりすら見当たらなかった。

繁華街の交差点で手当たり次第に声をかけて女が釣れる確率というのは、コネも見込みもない営業とほぼ同じで、その七割は見向きもせず、二割は返事だけは辛うじて返し、残りの一割は運が良ければ会話が続くが、そこから先に繫がる可能性というのはほんの一握りというところである。

　末吉は一晩ごとに会話が成立した女の人数と一言二言であしらわれた人数、完全に無視された人数、それぞれの割合を記録し、会話の成功率を上げることがここ最近の目標となっている。何故こんなことを続けているのか、彼女を作るという本来の目的は既に見失っているようにも見える。ただし数だけは記録として残るので自分の行動と成長を裏切らないようにも思われた。酷いときは話が弾んだ女に誘われるままに居酒屋へ行くとそこでは女子会が繰り広げられており、自分のことを根掘り葉掘り聞き出された挙句会計をすべて支払わされたこともあったし、珍しく美人と会話を弾ませていると背後から体格の良い男にど突かれることもあった。そういった辛酸を舐めながらも、どのように話しかければ女が好感を示して話に乗るかという末吉の研究は大学のどの科目よりも興味深いもので入学してからひたすらに続いていた。

　現時点での研究結果としては、ユーモアを交えて相手の容姿を褒めることが最善であるということになっている。「すごく大きくて綺麗な目ですね。昔、おばあちゃんが作ってくれた黒豆を思い出します」「君が可愛すぎて目眩がするんだけど、近くにある病院知らない？」「かっこいいワンピースですね。もしかして文化服装学院の学生さんですか？」などといった大喜利紛いの褒め言葉のストックを末吉は昼間講義用のノートの片隅に書き溜めては、女の反応を見て採用したりボツにしたりを繰り返している。「今暇？」や「どこ行くの？」というような声掛けで女を立ち止まらせるには天性からなる容姿の良さが必要であるということが、幾晩も周囲の同類を見てきて思い知ったことだった。繁華街の交差点に長い間立ち続けていると、似たような目的で立っている男がわかるようになる。その男たちと目が合うとやや気まずいので適度に距離を保って、お互いのテリトリーに近づかないようにするのがマナーらしい。自分のスペックで磨けるところを見つけ、どれだけ虚勢を張り、女を懐柔するかがこの課題においては最優先なのだと末吉は考えている。

そういう不毛な努力がようやく実を結んだのか、この日、末吉は時計の針が天辺を越える前に女を一人部屋に連れ込むことに成功していた。女は末吉が「天使みたいに白いワンピースですね」と声を掛けたら一瞬固まって目を見開き、その目は何かに気付いたように笑った。それから居酒屋で取りとめもなく話し、末吉の部屋でさらに飲み直そうということになったのだった。部屋に着くころには女の白いワンピースは煙草の煙に燻されて到底天使からするような匂いではなくなっていたのだが。

女の年齢は末吉より五歳年上の二十五歳で社会人だというが、本当のところはどうかわからない。わからないが末吉にとってそんなことはどうだって良かった。女は深く酔っているのかヒールのパンプスを荒っぽく脱ぎ、揃えずに部屋に入ると肩にかけていたベージュ色をした革のトートバッグを床に置き、「少し休憩」と言ってベッドに腰をかけた。肩のあたりで切り揃えられた髪を耳にかける仕草、眠たげに伏せた目にかかる長い睫毛と薄く開いた口元からこぼれる息、呼吸の度に上下する胸元を見た末吉は生唾を飲んで女の横に腰をかけた。そのまま女をベッドに押し倒して、柔らかいワンピースの裾から伸びた太腿に手を滑らせた時、女に勢いよくシャツの胸ぐらを摑まれて嚙み付くみたいに口を吸われた。それは末吉にとっておそらく初めての口づけだったが、アルコール臭くて当初求めていたそれとは違うことに気付いた。途端にそれまでの興奮が若干覚めて冷静になり、電気の消えた部屋でたどたどしい行為の最中に末吉が考えていたことは、粘り強く続けていればいつか張っていた網に獲物は引っかかるものであるという発見だった。それがあたりかはずれかなんてことは末吉の中では最早どうでも良くなっているようだった。女は前屈みになると首筋から腰の辺りにまで背骨が浮き出て、白い山羊を彷彿とさせた。山羊にしては静かで、湿度の高いくぐもった声を短く何度かあげた後、女はくったりと末吉の上に倒れ込んで、汗ばんだ皮膚をひたとくっつけた。激しく上下させていたお互いの肩が落ち着いたころ、二人は会話もなくそのまま沈んでいくみたいに眠りに落ちた。

「ねえ、もしかして彼女と住んでるの？」

早朝、薄明るくなった部屋で下着を着けただけの女が末吉の部屋を物色しながら言った。物色するといっても、この部屋にあるのは適当に積まれた数冊の雑誌や漫画と大学のカリキュラム、買ってはみたもののFコードで挫折して埃をかぶっている安物のギター、ネットで注文してサイズが合わずに返送しようとしていたジャケットなどで、どれをとっても深く語れるような要素はない。末吉は自分の部屋に下着姿の女がいる光景が神秘的なものに思えて、茫然と眺めながら不思議そうに言う。

「そんな部屋じゃないだろ」

「じゃあこれは何？」

女は証拠を突きつけるように、薄く埃の被ったテレビ台に置かれた一枚のハガキを手に取った。化粧品会社のロゴと高品質そうな化粧水の写真がプリントされているそのダイレクトメールには、末吉の知らない「初音羽奈子」という女の名前が記載されている。もちろん末吉の彼女ではないしこの部屋に住んでいる人間でもない。

末吉がこの部屋に越してきた際、鍵の壊れたポストの中にクリーニング屋のセールのハガキやカード会社からの封筒などが大量のチラシに紛れて入っていた。

それらの部屋番号は四〇八号室を示している。それは、この部屋に確かに初音羽奈子という女が住んでいたということを意味する。末吉が管理会社に電話をかけて確認したところ、個人で郵便局へ届けるように言われたので仕方なくネットで調べ、質問投稿サイトに書かれていた通りに「前入居者転居済み」と書いた付箋を貼ってからポストに投函した。しかし、この初音羽奈子という女は住所変更の手続きを行なっていないらしく、それからいつまで経ってもこうして化粧品会社からのダイレクトメールなどが送られてくるのである。ちなみにポストの鍵は修理を依頼したのに一向に管理会社からは連絡が来なかった。全くもって杜撰であると末吉は思ったが、何度も電話をかけるうちに面倒になりやがてポストに鍵がかかっていなくても大した問題ではないと思うようになっていた。初音羽奈子宛に届くダイレクトメールは基本的には破棄していたが、気付かずに他の郵便物とまとめて引き上げてきたものがテレビ台の上に置かれたままになっていたのだった。誤解されても良いことなんて一つもないので末吉は慌てて否定した。

「彼女なんていないって」

「嘘、いるんでしょ」

「いない」

「本当？」

「本当だよ」

目を瞬かせてから女は下着姿のまま再びベッドにもぐりこみ、毛布に包まって嬉しそうに目を閉じた。ベッドはこの部屋の窓際に寄せて置かれているので、薄いカーテン越しに朝が侵入してきて女の素顔をぼんやりと浮き上がらせていた。昨晩よりも幼く見えるその顔をしばらく眺めて末吉も目を閉じた。布団はいつもより暖かくてまたすぐに眠気が襲ってきた。

日が完全に昇り切ったころに末吉が再び目を覚ますと、女はすでにベッドから抜け出して服を着ており、勝手に冷蔵庫を漁って遅めの朝食を拵えていた。女は賞味期限が切れたハムと卵を焼いてトーストと一緒に皿に出した。それから戸棚の奥に眠っていた四角い瓶のインスタントコーヒーを見つけると、電気ケトルで熱湯を沸かしてコーヒーを溶かし淹れた。ベッドの手前にあるローテーブルの上にマグカップや皿を並べていく。朝食が手際よく準備されていく風景を眺めながら、末吉は女というのは一度寝たくらいでここまで甲斐甲斐しくなれるものなのかと考えていた。準備されるのをただ待つのみで、自分の部屋であるのに若干居心地が悪くなってきた末吉は、落ち着かなそうに布団カバーにできた毛玉を引きちぎっていた。朝なのに部屋の照明をつけっぱなしにしていることに対して、女はカーテンを開ければいいのにと言ったので、言われた通りに末吉はカーテンを開けて外の風景を見せる。女は窓に近づくと苦笑いをしながら言った。

「バカみたいに見晴らしが悪いね、この部屋」

四階の家賃が十二階よりも安いのには正当な理由がある。この建物は一階のエントランスと管理人室を土台に、奥行きのある八畳半のワンルームが直方体のコンテナのように横に十部屋、縦に十一部屋並び、鉄筋コンクリートのマンションという姿を成している。一階には二十四時間使用できるゴミ置き場と宅配ボックス、駐輪場が備え付けられており、一人暮らし用の設備としては十分だった。それでもほぼ同じ専有面積にもかかわらず、四階と十二階で家賃に一万円以上もの差があるのは、ベランダからの眺めが原因であると末吉は考えている。周囲にそこまで高い建物がないため、十二階のベランダからは街の景色と広い空が一望出来る。それとは打って変わり、四階のベランダは向かいの廃屋の屋上とほぼ同じ高さに位置している。屋上には雨風にさらされたおそらくは使用不可能な洗濯機、雑草まみれのひび割れた鉢植え、得体の知れない中身が薄ぼんやりとだけ見える口が縛られたポリ袋、褪色したスニーカーが二足転がっている。晴れの日は稀に丸々と太った野良猫が数匹日向ぼっこしているのを目撃するが、そのスラム的絵面に鎮座した太々しい汚れた猫たちに末吉が癒しを感じることはなかった。北向きの窓のせいで採光は少ない。昼間にカーテンを開けても利点はないので末吉は常時閉めきって生活している。

この日、女は朝食を食べた後もずるずると夕方まで末吉の部屋に居座って、末吉がコンビニへ行くタイミングで連絡先を交換してから部屋を出ていった。女との関係を持てたことは、末吉にとって案外カードゲームの手札を一枚手に入れたくらいの感動しかなかった。だが相手にとってはそういうものでもなかったらしい。女はそれから毎日末吉に連絡をするようになって、仕事帰りにスーツ姿で頻繁に末吉の部屋を訪ねてくるようになった。外出する予定がほぼない末吉は流されるようにして女が部屋に居座るのを許してしまった。女は世話を焼くのが趣味らしく、末吉の散らかっていた部屋は整頓され、カーテンを開けることはないのに窓が磨かれ、作り置きの常備菜が一人暮らし用の小さな冷蔵庫の中にいくつか入って、出かける時にはついて行きたがり、それを断るとどこへ誰と行くのかを把握したがった。

側から見ると付き合っているようにも見えるこの関係は、明確な口約束が交わされたわけではないので一方的な束縛と呼べる。束縛はたびたび無自覚に思いやりの皮を被っているものだから、一つ一つの行いには女の良心に見せかけて末吉を支配しようとする思惑が潜んでいる。小さな親切が大きなお世話とはまさにこのことで、冷蔵庫に知らない調味料が追加されていたり、広がった歯ブラシが買い換えられていたり、雑誌や漫画が普段と違う棚に仕舞われていたりすることが末吉にとって煩わしいことになるのはあっという間だった。次第に彼女の発言には「末吉君、私がいないと三食ちゃんと食べないでしょう」や「そんなので通ったことになるなんて、今の大学生は気楽でいいね」などの恩着せがましい発言や小言が目立ちはじめ、末吉の気を逆撫でした。そもそも末吉が女に声をかけたばかりにこの関係に発展してしまったというのに、ここまで尽くされておきながら心の底から女を好きになった気がしていないのはやはり手当たり次第に声をかけて偶然手に入ってしまったものだからであって、当初女に対する嫌悪は無かったとはいえ特別な好意というものもなかったためである。そんな心持ちだから、末吉は女にまるで恋人同然のような顔をされるのがなんとも気まずかった。

毎日送られてくるメッセージも末吉の好きな漫画雑誌の話題から入って今夜部屋に行っても良いかという強要に近い質問に終着するので、三回に一回ほどは無視を決め込むようになっていたところ、女に部屋のドアの前で待たれる羽目になった。末吉が外食に出掛けていた時、女はオートロックをどうやって掻い潜ったのか四〇八号室の部屋のドアにもたれかかって末吉が帰ってくるのを待っていた。グレーのジャケットを羽織った女が自分の部屋の前にしゃがみ込んでいるのを見た時には思わず野太い悲鳴をあげたものだった。女の隣には膨らんだエコバッグが置かれており、スーパーで買ってきた野菜や肉が一人暮らしには多すぎるくらい詰まっていて、それらは夕食を食べてきたばかりの末吉にとっては胸焼けがするほど余計で邪魔なものに思われた。女がその状態で数時間待っていたのだと聞いた時に、末吉が真っ先に考えたことはマンションの住人に不審な目で見られたのではないかということだった。末吉は玄関を開けると女を通して耐え切れず苛立ちの混じった声で忠告した。

「もう勝手なことばかりするのやめてくれないかな。はっきり言って迷惑なんだけど」

「だって、心配になっちゃって」

「君が心配する必要なんてどこにもなくないか」

末吉がそう言うと、女は顔色をさっと青くして捲し立てるように言った。

「なんでそんなこと言うの？　もしかして、他に好きな人ができたの？」

末吉と女の会話はたびたび脈絡のない方向に飛躍して、どんどん噛み合わなくなることがある。「できてないけど」と言った後に、そもそも君にだって好きだと言った覚えもないけどな、と思ったがそれは言わずに飲み込んでいた。末吉が不貞腐れて黙り込むと、ようやく自分の置かれた状況を察したのか女は声を震わせて搾り出すように言った。

「ごめんなさい。私、ただ嫌われたくなかっただけで」

そう言って女は床にへたり込んだ。俯いた顔から静かに透明な涙を落とし、白いシャツに灰色の染みをつくった。斜めに分けた前髪の間から見える八の字に歪んだ眉と眉間に寄ったしわが切実さを際立たせていた。初めて見た女の涙であったことも相まって、末吉は慌てて肩をさすったり頭を撫でたりして宥めることに徹していた。涙が流れると反射的に止めなくてはならない気がしてしまうのはどうしてなのか、ともかくこの日から女のしおらしさがことあるごとに効果を発揮するようになった。今まで世話を焼かれてばかりいたのに、立場が逆転したことに対して末吉は不思議と清々しさを感じてもいた。

「私、たまにね、人生を手放しで運転してるみたいな感じがするの。運転してるといつ事故に遭って、死んじゃったっておかしくないでしょう。でも別に、それが怖いわけじゃないの。ただね、怖いわけじゃないことがなんだか他人事みたいで、ちょっとだけ悲しいんだよね」

部屋の暗闇にすっと青白くて細い二本の腕を垂直に伸ばして女は言った。多くの夜に口数の少ない性交をしてすぐに眠ってしまう女だったが、稀に天井に向かって独り言のように話し出すことがあった。女は車で出勤しているので、この日も車を付近の駐車場に停めて末吉の部屋を訪ねてきていた。微かに震えた手のひらを軽く握るとハンドルを回すみたいに両腕を動かした。末吉は黙って同じように腕を天井に向けて伸ばすと右手で女の左手の拳を握った。それはごく自然に体が動いた結果であって女に対する共感があったわけではなかったが、女はその行動に酷く心を揺さぶられたようで鼻水を啜る音が聞こえたかと思うと無言で泣きはじめた。末吉は気まずそうに箱ティッシュを差し出しながら何度も言うか迷っていたことを決心して「病院とか行ってみたらどう?」と打診したのだが、「もう行ってるの」としゃがれた声で返ってきた。それを聞いた末吉は「あ、そう」と乾いた声で言ってなんだか少しだけ後悔をした。こんなことを言い始めるものだから末吉は女を放っておくこともできなかった。女と知り合ってから、夜に繁華街で手当たり次第に声をかけるという末吉の研究は中断されていた。決まった恋人がいるわけではないので何も問題はないはずなのだが、少なくとも現状、末吉の中には女に対する後ろめたさが生まれていたのだった。女の涙が透明な鎖になってこの部屋に末吉を括り付けているように思われて、あれだけ誰かを振り向かせることを望んでいたはずなのに末吉は今の生活に不自由さを感じている。夜に女が部屋にいる分だけ部屋は狭苦しく思えて、抑圧を感じる日々が続いた。だんだんと自分の部屋の居心地が悪くなって、かといって外出するにも女は末吉の動向を把握したがるので自由を感じることもできなくなっていた。末吉には正当な理由で女から距離を取れる居場所を見つける必要があった。そんな逃避先として大学が機能することになるとは本人も思っていなかったはずだ。

末吉が珍しく午前中に外出をしたある日、夕方になると周囲の住人を威嚇するみたいにドアを勢いよく閉めて帰宅した。それから末吉は不機嫌な表情のままデイパックを乱暴に放り投げたり、癇癪を起こしてキッチンの扉を蹴り飛ばしたりした。スマートフォンを思い切り壁に叩きつけると、画面が割れてさらにそれに苛立った。下階から苦情が来そうなほどの地団駄を踏んで、「もう二度とあんなところ行くかよ」と意気消沈した表情で夕暮れ時、一人の部屋に呟いた。

この日、末吉は課題のレポートに必要な資料を探すために、珍しく朝に起きて初めて大学図書館へ行ったのだった。そこではおそらくこのようなことがあった。大学図書館は閑散とした大学構内の中では学生がまだいる方だった。まばらに座っている学習席の端に腰をかけて集めた資料に目を通していると、透明なパーテーションで仕切られた目の前の席に一人の女が座った。末吉は自分よりも年下に見えたので、自分と同じ大学一年生だろうと思った。女は抱えていた本を数冊机の端に積むと、ノートパソコンを開いた。同じくレポートを書く目的で図書館に訪れたようだった。積まれた本の一番上にはJ－P・サルトルの『嘔吐』が載っている。小石が水面を弾いたような緑色の装画の正体が何なのかわからずに、末吉はしばらく目を細めてその表紙を眺めていると、女がそれに気付いて囁くように話しかけてきた。

「あの、もしかしてこの本探してましたか？」

「ああ、いえ、違います。大丈夫です」

末吉が首を横に振りながら言うと、女の目は少し垂れて微笑んだように見えた。

「そうですか。お互いレポート大変ですね。頑張りましょう」

そう言われた末吉は一拍遅れて気の抜けた声で「はい」としか返せなかった。その時に末吉は、他にも席は空いているのに、この子はどうして自分の目の前に座ったのだろうかと思った。理由の無い事象に理由を見つけて勘違いすることが、暇な人間の性であるから仕方ないこととも言える。二人はそれから昼になるまで黙ってレポートを書いていた。時々、末吉と目が合うと女の目は細くなり悪戯っぽく笑った。緩く巻いた茶髪のロングヘアで黒目の輪郭が大きく綺麗だと末吉は思った。末吉はノートパソコンの画面を見ながら、気付かれないように女の耳にさがっている花を樹脂で固めたようなイヤリングが揺れるのを盗み見ていた。そのせいでレポートの進み具合は芳しくなかったが、その時間は末吉にとって部屋で過ごすよりも何倍も心地の良い時間になった。この時、目の前にいた女は毎晩部屋に訪れる女とは真逆の要素を持っているように末吉は感じたのだった。社会人ではなく大学生で、悲愴感はなく常に微笑んでいて、服装だってオフィスカジュアルのかっちりしたものではなくふんわりしたパフスリーブの薄黄色のワンピース。ふと、末吉はダイレクトメールが月に一回ほど送られてくる初音羽奈子もこういう女だったのかもしれないと思った。ダイレクトメールが届くたび、質の良さそうな化粧品を使うらしい彼女について思いを巡らせることはあったが、それは末吉の中で上手く像を結ばなかった。だがこの時、目の前にいる女のような人間だったのではないだろうかという気がしてきた。そのせいで、今目の前に座っている女が昔から勝手知った親しみのある存在に思えてきたのだった。

「ねえ、この後どこかでお昼一緒に食べない?」

それはほんの気まぐれだったが、過去の研究の甲斐もあってか結構慣れた口調だったのだと思う。緊張もせず、本人としてはなかなか毅然と発声できていると自己評価を下せるものだった。だが、昼間の図書館でたまたま目の前に座っただけの男子学生がいきなり昼食を誘って女子学生が首を縦に振るのは、天性からなる容姿の良さを兼ね備えていた場合に限られる。

「はあ?」

眉間に皺を寄せた一切の好感も得ていないような女の顔を見た時、咄嗟に末吉は引き下がって手のひらを前に出して前言撤回した。

「え、ああ、いや何でもない、何でもない、です」

気が付くと女の後ろには末吉よりも背の高い男が立っていて、女に向けて「しほちゃん」と呼び掛けた。女の眉間の皺はその声を聞くとふっと消え、くるりと振り返り男に「遅いよお」と言った。女はそそくさと本とノートパソコンをまとめて鞄に詰め込んだ。そして、「じゃあ、また」とやや申し訳なさそうに言って席を立ち去った。また、なんて少しも思っていない社交辞令である。末吉の耳には出口へ向かう二人の話し声が届く。「さっきの人、友達?」「え、ああ、知らない人。なんかさー」と会話は続く。その先の内容は肥大した被害妄想で構築され末吉の頭蓋の中で響いた。「目の前の席に座っていたのが変な男だった。ランチに誘われたけど図書館でナンパとか勘弁してよって感じ」。末吉は羞恥心で熱が上がって爆発しそうな頭を抱え込んだ。今までの自分はなんだったのだろうと思った。どれだけたくさんの女に声を掛けて何度かの好感を得たところで、そんなものはあの場所以外では何の効力も発揮しないのだった。最終的に手に入れたものだって今となっては自分を縛り付けるだけの鎖に成り果てている。そういうありきたりな気付きを得て今、末吉は薄暗い自分の部屋で不貞腐れているのである。

末吉は布団を被ってベッドの上で丸くなり、時折恥ずかしくて堪らなくなって枕を叩き、居心地悪そうに寝返りを打ったり、頭を掻き毟ったり、天井に向かって大声で唸ったりしながら過ごした。やがて浅い眠りと覚醒を繰り返している間に薄暗かった部屋は真っ暗になっていた。隣の部屋に住む一人暮らしのサラリーマンが帰宅すると、しばらく続く咳の音が耳障りになり、末吉は苛立って壁を殴った。すると咳は止んだ。普段ならラジオや音楽を流して紛らわせていたのだが、この時ばかりはどんな雑音にも耐えられなかったのだった。

女から電話がかかってきたのは二十一時過ぎだった。真っ暗闇に四角いひび割れた液晶画面が光って低く唸るように振動した。重たい体を起こして着信に表示された女の名前を怪訝そうにしばらく眺めた後、末吉は緑色の通話ボタンを押した。通話が開始されるとすぐに女は明るい調子で言った。

「レポート進んでる？　今から行っていい？　ていうか、車で向かってるからもうすぐ着くけどね」

その甲高く明るい声が耳障りで、末吉は思わずスピーカーを耳から離した。ため息をついてから答える。

「悪いけど、今日はちょっと無理。集中したいから」

「じゃあ私も仕事の続きやろうかな。今日はね、良いことがあったの」

そう言って女は通話を切った。こっちは最悪な気分だというのに、どいつもこいつも勝手だと末吉は思った。

商談が上手くいったのだと上機嫌で女は手土産にシュークリームを二つ買ってきていた。女は勝手知った部屋に上がると洗面台で手を洗ってマスクを外し、うがいをすませた。それから「どうせ晩御飯まだでしょう」と言って台所に立つと、野菜炒めを作って、味噌汁と白米をよそってテーブルに並べた。食卓は静かだった。女が思い出したようにぽつりぽつりとこぼす取引先の愚痴や上司の話題に末吉は何も返さなかった。それが末吉の女に対する情の薄れと反抗心を如実に表していた。鈍いのか図々しいのかそれに気付かないふりをして女は話を続けるので、それも癪に障って末吉は堰を切ったように言う。

「あのさあ、もう家に来ないで欲しいんだけど。料理だって、別に頼んでないし」

そう言われた女はしばらく黙って、まばたきをするとさっぱりした顔で「わかった」と言った。泣いたり怒ったりするかと思ったのだが、涙ひとつ流さずに平気な顔をして夕食を食べ続けていた。その呆気ない態度が意外に思えて末吉を僅かに困惑させた。途端に女に対してとても悪いことをした気持ちになって、それ以降は極力喋らないのが女のためであると末吉は思った。女は食後にシュークリームを並べて、「こんな時間に飲んだら目が冴えちゃうかな」と言いながら瓶に入ったインスタントコーヒーを淹れた。夕方からずっと不貞腐れて眠っていた末吉はコーヒーなんて飲まなくても目が冴えていたし、別にシュークリームを食べたい気分でもなかったが、これが最後だと思って出されるままに食べていた。コーヒーを飲みながら、そんなに昔のことでもないのに懐かしむように女は語った。

「末吉君が私に声をかけてくれた時ね。絶対に運命だって思ったの。私、末吉君に嫌われたらもう生きていけないからさ、流石に言うことは聞くよ」

最後の最後まで自分に縋ろうとする女の態度に末吉は辟易していた。その瞳には隙があればまだ自分と関わろうとする希望が宿っている。それに対して煩わしそうに言う。

「やめろよ、そういうの」

「本当だよ。ねえ、きっと覚えてないだろうけど。私、末吉君に声かけられたのはあれが三度目なんだ」

その言葉の意味を考え出した辺りで思考が上手く働かなくなった末吉は半分程度コーヒーが残っていたマグカップを床に落として、その衝撃でフローリングには存外大きな凹みができた。人間は柔らかいのでその後すぐに末吉が床に倒れたときは特に床は傷つかなかった。

「大丈夫だよ。ここにはもう来ないから」

誰に聞かせるでもなくそう言った女はゆっくり立ち上がり革のトートバッグから縄を取り出すと、深く眠っている末吉の両手と両足をきつく縛って口はガムテープで塞いだ。こぼれたコーヒーがフローリングの溝に滑り込みきったころ、ローテーブルの上の食器はそのまま、洗い物もせずに自分の荷物だけまとめると女は末吉の両脇を抱えた。くったりとした末吉をたどたどしく引きずって玄関まで連れて行くと、彼女だけ靴を履いて二人は一緒に玄関を出た。

そっと鉄のドアが閉じる音はしても鍵のかかる音はしなかった。十分ほど経った後にエンジンを吹かす音がマンションの前にある四車線の道路一帯を覆った。部屋の明かりは夜が深くなって朝に変わり再び日が暮れて夜になっても、しばらくの間は消えることがなかった。

こがね

こがねは黄金色の羽毛をしているからこがねと呼ばれている。

こがねはシナモン文鳥の雌でとてもよく鳴いた。部屋に人がいるときは呼び立てるように鳴いて、人がいない時も外の音に反応して執拗に鳴く。細い足がかしゃんと金属の柵を摑む音がする。窓際の長机の上に白いスチール製の籠が一つ置かれていてその中にこがねはいる。こがねがこの部屋に来たのは二日前のことで、こがねの飼い主である、住人の友人がこがねを預けに来たのだった。友人は一週間の出張が入って留守にするらしく、その間の世話を住人に任せに訪れた。こがねはアーチのかかった仰々しい形の籠に入って友人の家から移動してきた。友人は部屋に上がると、特に断りもなく窓際に配置していたまっさらな木製の長机の右端に籠を置いた。それからてきぱきと電源タップにヒーターのプラグを差し込み籠に取り付け、餌入れには餌を、水入れには水を入れて籠にセットしてからこう言った。

「毎朝替えて欲しいのはここに引っ掛けてある餌と飲み水ね。プールの水も浴びた形跡があったら替えてほしい。あと、籠の下に敷いてあるペーパータオルも多分一日経つと糞とか羽根で汚れてくるから交換した方が良いと思う。それから最低でも一日二回、三十分くらいは籠から出して放鳥すること。体を動かせないとストレスが溜まっちゃうから。放鳥時間が長い分にはいくらでも大丈夫」

こがねを預けたいと言われたのは前日の話でとても急だとは思ったが、そういうところが以前からある友人だったので承諾したのだった。友人の注文一つ一つに軽く頷きながら住人は「わかった」と答えた。

「あとは、ちょうど換羽期だからたくさん羽根が抜けるかもしれないけど、病気とかじゃないから安心して」

「そんなこと言われても、普段どのくらい羽根が抜けるのか知らないからわからないよ」

不安そうに住人は言った。友人がこがねを飼い始めたのは一年ほど前のこと、生まれたてのこがねは今よりも一回りほど小さくて、輪郭も色もぼやけていた。くすんだ黄色の弱々しい羽毛に包まれていて、血色の悪いくちばしをしたひよこのようだった。それが今となっては、まだらだった羽の色は頭の茶、頬の白、首から下のうす黄金と整って、くちばしにもだんだんと赤みが差し、絵に描いたような美しい生き物に成長していた。友人の世話の賜物らしく、いつ見ても美しい状態を保ち続けている。こがねは今の状態が完成形に見え、この状態から羽根が一枚でも増えたり減ったりするとその美しさは保たれないように見える。そんな生きる工芸品である文鳥を預かることに対して住人は若干の不安を感じていた。住人は生まれてこのかたペットを飼ったことがないのだ。そんな気も知らないで友人は引っ越ししたての部屋を物色して感心したように言った。

「いい部屋じゃない」

「あんまり治安は良くなさそうだけどね。夜は車の音がうるさいし」

住人はこの部屋に引っ越してきてまだ一週間しか経っていない。そのため部屋はものが少なく綺麗な状態だったが、まだ整理されていない段ボールが部屋の隅に積まれていた。

「これ、どうしたの？」

　友人は長机の籠を置いた方の反対側、左端に積まれた郵便物を見つけて言った。様々な大きさの郵便物が山になっているが、それは住人宛の郵便物ではないので一通も開封されていなかった。しかし封筒に記載された住所も部屋番号もこの部屋の四〇八号室で間違いなく、宛名には「末吉孝輔」と書かれている。住人がこのマンションに引っ越してきた初日、集合ポストの四〇八には夥しいほどの紙が詰まっていた。それを抜き取ると半分程度はカラー印刷の薄っぺらいチラシだったのでその場で共用のゴミ箱に捨て、もう半分は宛名入りの郵便物だったので捨てることもできずに部屋に持ってきたのだった。私立大学からのA４サイズの封筒がいくつかと宛名と同じ苗字の女の名前が書かれた封筒が二通ほど、その他にも電気、ガス、水道の検針票と料金滞納通知があった。検針票は数ヶ月分詰まっていて月順に並べると初めの月以降はずっと数値がゼロの状態になっている。そこから、どうやら前に住んでいた人間に向けたものらしいということだけはわかった。住人はこの部屋に入居する前まで何度か引っ越しを経験してきたが、このようなことは初めてだったので処分に困って一旦そのままにしていたのだった。本来なら住人が引っ越す前にポストのものを処分するのは管理会社の仕事だとは思うのだが、電話もあまり繋がらない上に珍しく出たかと思えば対応も的を射ていないことばかりときている。入居当日、床に大きな凹みを見つけてそれを問いただしたら適当に埋めてくださいと言われた時点で、住人はあまり管理会社を信頼していなかった。そんなことを愚痴っぽく友人に伝えると、築年数の割には綺麗だし、家賃が安いから仕方ないんじゃない？　とさして珍しいことでもなさそうに言うのだった。

「じゃあ来週迎えに来るから。よろしく」

そう言って身軽になった友人が帰っていったのが二日前の土曜日。友人はとてもこがねを可愛がっているのだが、この部屋の住人はこがねにそこまでの思い入れはないので、すでに限界が訪れていた。

月曜日の二十時ごろ、住人が仕事から帰ってくる音が玄関から聞こえる。するとこがねは鍵ががちゃりと開く音に反応してキュと鳴く。部屋に入って鞄を床に置いた住人は洗面所で手を洗う。するとこがねは蛇口から水が流れ落ちる音に反応してキュキュと鳴く。それから住人は冷蔵庫を開けて昨日作った煮物と冷凍していた白米を取り出し、電子レンジで温め始める。電子レンジのボタンを押すごとに音に反応してキュ、キュと鳴いて、温めが始まると600Wの機械音に反応してキュキュ、キュキュと鳴く。その間に住人は片手鍋に水を注いで出汁パックを入れて火にかける。こがねは本能から火を恐れているので着火音には少し怯えたようにキッと鳴いてしばらく黙る。玉葱と豆腐を切って鍋に入れて味噌を溶かすころには白米も煮物も温まっている。それぞれの器に盛った白米、味噌汁、煮物を机に置くと、食器が机を軽く叩く音に反応してこがねはキュ、キュ、キュと鳴いた。住人が椅子に座って夕食にありつくころ、こがねは人が近くに来たことが嬉しくなってしきりに鳴いた。その様子を黙って見ながら住人は味噌汁を一口啜り、お椀を静かに机に置くと勢いよく右手で籠のてっぺんを鷲摑みにして怒りに任せて軽くゆすった。

「だーかーらー、食べる時くらい静かにしろって言ってるだろうがぁ」

言葉の粗暴さに反して語気は弱い。その目は疲労で濁っていて口元の筋肉はあまり動いていない。今まで住人が静かにしろなんて口に出したことはないのだが、いつだって住人は部屋の中では無口なので心の中でそう言い続けていた可能性はある。突然局地的な地震が起きて混乱したこがねはさらに鳴いて、両翼を広げてばさばさ籠の中を移動した。そんな混乱が数秒続いたが、理不尽な籠の揺れがおさまると、こがねも止まり木に腰を据えて疲れたのかしばらく静かになり、住人が食事をする様子を観察していた。

住人の誤算として、こがねはとても繊細でか弱い生き物に見えたが、案外たくましかったことが挙げられる。鳥の鳴き声なんて犬や猫に比べたら飼っていないのと同じだと友人は言っていたのだが、そんなことは決してなかった。少なくとも魚や虫を飼うのとはわけが違う。小さいとはいえ文鳥だって立派なペットである。そしてそもそもこの部屋はペット禁止である。その規則を忘れていたわけではないが、文鳥の鳴き声を甘く見ていた住人は今更管理会社から注意されるのではないかと不安になってきて落ち着かないのである。

　預かった小さな命をなおざりにすることもできないので、夕食を終えた住人は籠の口を開ける。放鳥は朝と夜に三十分ずつが決まりである。こがねは籠に出口が生まれたことに気付くが、籠の外には危険が潜んでいるかもしれないのであまり出る気にはなれない。今朝この部屋を飛び回っていたことなんて忘れたみたいに、しばらくキュとかキィとか鳴きながら首を素早く四方八方に回転させて周囲を窺う。それはこがねが観察をするときのお決まりの仕草だった。それから籠の中にある木製の小さなアスレチックを跳ねながら行ったり来たりし、だんだんと出口に近づいてくる。出口に足をかけたこがねは何度か足踏みして、再び籠の奥の足場に戻り、また出口に足をかけ、何度か繰り返しながら住人の様子を窺っている。住人はその様子をやきもきしながらベッドに腰をかけて見守っている。いつまで経っても羽ばたこうとしないこがねを見兼ねると、住人は籠に近づいて軽く曲げた人差し指をこがねの足元に差し出す。それを待っていたと言わんばかりにこがねはひょいと住人の指に跳び乗った。住人はそれを見て軽くため息をつく。昨日まではこれも非日常として楽しめていたのだが。そもそも自分はペットを飼うのに向いていないらしいと住人は気付き始めている。

籠の外に出たこがねは興奮気味にキュキュと鳴いて羽をばたつかせると、部屋を一周するように飛び回ってガス台の換気扇に激突し、がんっと派手な音をたてて垂直に落下した。それを見た住人はひどく慌てて「こがね、こがね」と呼び掛けた。文鳥がどの程度の衝撃に耐えられるのかを住人は知らないので、ショックで死んでしまうと思ったのだ。こがねはびくっと震えると床で三秒ほど羽をばたつかせ、足でかちゃかちゃとフローリングを引っ掻くとまた飛び立って今度は椅子の背もたれに着地した。先程の衝撃はなんともなかったように、またくるくると首を回してあたりの様子を窺っている。よくよく観察すると薄赤色のくちばしの一部がやすりで削ったように白くなっていた。おそらく換気扇にぶつけた痕だろう。くちばしは文鳥が持つ部位の中では一番硬い部分であるし、人間でいうところの爪に近い質感なので傷ついていても痛みなどは感じていないようだった。椅子に鎮座するこがねは、ベッドに腰掛けた住人目掛けて再び飛翔して今度は住人の頭の上に乗った。この三日間でこがねの定位置は住人の頭や肩、膝の上に決まりつつあった。それが煩わしくて住人はどうにかできないものかと考えている。こがねは住人を勝手の良い止まり木の一つだと思っているので、放鳥の間は住人の周囲五十センチの範囲を飛び回り続けている。

三十分ぴったりの放鳥が終わり、これ以上の温情をかける気にもなれない住人は早々にこがねを籠に戻そうとする。だが、三十分も経つとこがねはすっかり籠の中に押し込められるのが嫌になっているのでなかなか戻ろうとしない。これに住人は昨日も悩まされていた。住人の右手の人差し指に留まったこがねを手ごと籠の中に突っ込んだが、なかなか指から降りることはない。どれだけ手を揺らしても籠の中に備え付けられた止まり木やブランコに跳び乗ろうとはしないのだった。埒があかないので、住人は剝がし落とすみたいに人差し指を籠の縁に当てて、ゆっくりこがねの足場を奪っていく。残った足場が第一関節のあたりのみになると、やむを得ぬというようにこがねは籠の中の止まり木に跳び乗った。しかし、それに安心していると素早く出口まで近づいてきて再び外に出ようとするので、住人は手のひらでぐいぐい押し戻してようやく出口を閉じた。そして友人が持ってきていた赤いカシミアのストールを籠に巻きつけた。文鳥は昼行性の生き物なので、周囲が真っ暗になると部屋が明るくても夜だと勘違いして眠るのだと聞いていた。ストールを巻いて一時間もすると籠の中は静まり返った。

ようやく一息つけると思って住人がシャワーを浴びに行くと、流水音に反応して目が覚めたこがねは住人が近くにいる気配がしないのを不安に思って興奮気味に鳴いた。その鳴き声は浴室のプラスチックのドアを突き抜けて住人の耳まで届き、再び住人を苛立たせた。シャワーにかき消されるのをいいことに住人は舌打ちをして、残りまる四日間もこがねと暮らさねばならないのだと気が重くなっている。

住人は部屋にいる時全く寡黙な人間で独り言一つ発しないのだが、言葉を発しない代わりに寝る前に日記をつけている。日記には主に部屋にいない時の住人のことが書かれており、それは一行で終わることもあれば数ページに及ぶこともある。例えばこの日はこう書いていた。

三月六日　月曜日

たまに、何かを言わなければ気がすまないという人がいる。一言ですむ用件なのにいくつもの言葉を積み上げて話す人、肩と肩が触れそうになっただけでこちらが大罪人みたいな態度で喚き散らす人、知り合いでもない人間の行動に対する所感で話を繋ぐ人。そういう人はきっと、自分が社会から疎外されているのではないかという不安を抱えているのだと思う。声を上げなければ誰も自分のことなんて相手にしてくれないと思い込んでいるのだと思う。それで頑張って喋らなくてもいいことを喋りすぎて、自分の存在を主張している。社会から無視されることに対してひどく敏感で孤独を感じやすい性質なのだろうから仕方のないことなのかもしれない。私は今まで生きてきてそんな風に思ったことがないのであまり理解ができない。私は誰にいないものとされてもいいと思っているし、私が自分の存在を自覚しているだけで十分だと思う。逆にかけられた声を自分へ向けられたものだと気がつくのにも時間がかかるくらいだ。誰かに何かを言いたいということもないし、私が言わなければならないという使命感も特にない。

　だから、そう、今日先輩が私に必要以上にしつこく注意してきたのはきっとあの人が言わなければ気がすまない側の人間だからで、私は彼女に必要以上に言葉を使わせて可哀想なことをしてしまったのだと思う。はたからだと甲高い声で先輩に罵られている私が可哀想に見えたかもしれないけれど、私は聞き流すだけだから特に体力も精神力も消費していないし、どれだけ私を磨耗させようと先輩が怒ったところで私の心は少なくともあの瞬間は全く震えたりしていないので結果的に可哀想なのは先輩の方なのだ。言葉の届かない相手に期待をして怒ったり、気を揉んだり、そういう後ろ向きな感情でエネルギーを消費するのはすごく効率の悪いことだし、それを限られた勤務中にやってしまうのはとても勿体のないことだと思う。自分の気がすむまで怒っている時間にも給料が発生しているのだから、もう少し効率良く怒ってもらいたい。

　それはそうと、預かっているこがねがとんでもなくうるさい。私はうるさいのは人間も鳥も平等に苦手だ。可愛かったのは初日くらいで、すでに耐えられなくなってきた。文鳥は遊びに行った時に見る程度がちょうど良いのだと改めて思った。このままだと気がおかしくなってしまいそう。言葉が通用しないにもかかわらず私は先輩に受けた仕打ちをこがねに繰り返してしまった。私にも言わなければ気がすまないという部分があったわけだ。こがねには私の言葉なんて通じるはずもないので、やはり怒りの発散ってものは他人を思い遣ったものではなく自分自身のためにあるのだと思う。

四日目の朝も住人は普段より三十分早く起きてこがねを放鳥した。放鳥の間、住人は籠の中にある細かな雑穀の餌を新しいものに取り替え、飲み水を取り替え、水浴び用のプールの水も取り替える。籠の下に敷いているペーパータオルには糞と羽根が満遍なくついているのでそれも取り替えてやる。友人の準備は完璧で日数分のそれらがしっかり一緒に持ってきた紙袋に用意されていた。こがねは住人の頭に乗ってバランスをとったり、肩から腕にかけてを行ったり来たりしている。こがねは十分に一度くらいの間隔で糞を落とすので、住人は眉間に皺を寄せながら寝巻に付いた糞をティッシュペーパーで摘むように拭き取る。文鳥の糞はすぐに拭き取らなければ固まって取れにくくなってしまうので注意が必要だった。

その作業も終わって時間が余れば住人は机に積まれていた本を開くので、こがねは執拗にその邪魔をはたらく。こがねは住人の腕をノミがぴょんぴょんと跳ねるように歩いて手の甲を伝い、分厚い単行本の表紙に足を掛ける。表紙と背表紙を行ったり来たりして住人の指先を突く。「痛い」と住人が声に出すと嬉しそうにして余計に突く。そのやりとりをしばらく続け、やがて住人はこがねを無視しはじめるのでそれが気に食わないこがねは本の角を突いては、たまにヒューヒューと息を漏らした。そして、尻を振ると勢いよく文章の真ん中に飛び込んだ。途端、住人の頭の中では積木の塔が崩れるように直前まで読んでいた文章がガラガラと抜け落ちてしまい、すっかり今まで何を読んでいたのかわからなくなってしまう。まるで読みふけるように首を回しながら文章を眺めているこがねは、紙の質感を確かめるようにページに向かってくちばしを突き立てている。こがねに文章を遮られ、読み続けることも困難になった住人は勢いよく本を左右から閉じた。挟まれそうになったこがねは素早く飛び立って再び住人の頭の上に留まった。それを払い落とすように住人は手を頭上で振ってみせたが今度は肩、腕、膝、つま先と移動して唾を吐くみたいに床に糞を落とした。

「いい加減にしやがれ」

そう言いながら住人はティッシュで糞を拭き取る。こがねが来る前まで全く口を開かなかった住人はこがねが来てから饒舌にはなったものの、その口から飛び出す言葉は常に荒々しい。住人はこがねを籠に押し込むと、歯を磨き、顔を洗ってクローゼットからワンピースを一枚出して被ると床に置いたままにしていた鞄を持って会社へ向かう。こがねは家を出る前の住人を断続的に鳴きながら観察する。首が縦横斜めにコマ送りのような速さでくるくる動き、籠に備え付けられたいくつかの止まり木をしきりに移動して視点を変える。

住人が部屋からいなくなってからの時間は、こがねにとって観察するものが少なくなるので退屈な時間だった。その目に映るもので変化が起こるのは窓から見える外の景色くらいであるが、生まれてこのかた外の世界を知らないこがねにとってはそれが恐怖なのだった。この部屋の窓から見える景色はお世辞にも良いとは言えなかった。向かい側に廃屋の屋上が見えて、ベランダとは僅かな高低差しかないので簡単に移動できそうなほどである。屋上には雨風や砂埃にさらされた洗濯機にどこかの部屋から飛んできたであろうバスタオル、片っぽのスニーカーや割れた鉢植えなどが散乱しており、その顔ぶれは眺めるたびに変わっているように見える。窓の外には視線が一つある。屋上には丸々とした野良猫が仏頂面で居座っている。その野良猫がこがねのことをじっと見ているのだった。初めのうちは威嚇するように鳴いていたこがねだったが、そのうち野良猫が自分に危害を加えることができないことを察するとできるだけ野良猫と目を合わせないように心がけていた。薄暗い部屋をこがねのために少しでも明るくしておこうと考えて、住人は毎朝カーテンを開けて家を出るのだが、こがねとしては多少薄暗くても野良猫と目が合わない方を選びたい。こがねにはそのことを住人に伝える手段も、選択の自由も与えられていないのだった。

こがねに与えられている自由は籠の中のどの止まり木に足をかけるか、いつ餌を食べるか、水を飲むか、水を浴びるか、ブランコをどの角度に揺らすか、糞をいつ落とすか、どの程度の大きさの声で何度鳴くか、そのくらいのものだった。それでもそれ以外の自由を知らないこがねにとって今の生活は満足のできるものだった。生まれた時から知らないものを不足に感じることはできない。こがねは生まれた時からこの籠の中にいたのだから、籠が広いのか狭いのかも知らない。

住人が帰宅するまでに消防車が一台、救急車が三台マンションの前の道路を走り抜け、インターホンが二度鳴った。暇を持て余したこがねはそれに逐一反応してキュキュと鳴いた。やがて住人よりも先に隣に住むサラリーマンが帰宅して、壁の向こう側からひどく苦しそうに咳き込む音が響いてきた。住人が帰ってくるまではその咳と会話するようにこがねは鳴いた。

住人が帰宅すると、こがねは昨日と同じ要領で籠の中を動き回りながら鳴き続けた。それを昨日と同じ要領で無視し続ける住人。住人は昨晩食べた味噌汁の残りを温めて、白米を電子レンジで解凍する間に豚肉と茄子を炒めた。手際よく調理をすませてちょうど出来上がった三品が机に並ぶころにインターホンが鳴った。この時間の来客に身に覚えのない住人はインターホンの画面越しに一階のオートロックの玄関にいる人物を確認した。カメラの前にはスーツを着た見知らぬ男が立っている。こんな時間に、何の用だろうかと住人は考える。片手にビジネスバッグを持ち、スーツの襟に銀色に光るピンバッジのようなものをつけている。光を反射してそれが何の形をしているかまでは住人にはわからない。住人は真っ先にペットを隠して飼っているのがバレて近隣住民から苦情がきたのではないかと考えた。それで苦情の入った管理会社が訪ねてきたのではないか、つまり即刻退去もしくは違約金などが科されるのではないか。そう住人は考えた。住人はインターホンの通話ボタンを押さずにしばらく黙ってモニターに映る男を観察していた。男は住人が出るのを待ちながら、落ち着かなそうに時折車道の方を見遣っていた。しばらくしてモニターは真っ暗になり、再びインターホンが鳴ることはなかった。住人は夜の放鳥をしながら、肩に留まるこがねに告げた。

「潮時だな。君が自主的に静かにしないならこちらにも考えがある」

そう言われてもこがねには日本語が通じないので首をすばやく傾げてキュイと鳴くことしかできなかった。

翌日から、一日十時間あったこがねの夜は倍に増えて二十時間になった。必然的に十四時間あった昼は四時間に減った。こがねは朝六時から八時の間朝の光を浴び、これから活動しようという時に再びカシミアのストールを籠に巻き付けられてクローゼットの中に閉じ込められた。即席の夜の完成である。そして住人は仕事に出かけ、二十時ごろまでこがねの夜は続く。住人が仕事から帰ってくると籠はクローゼットの中から取り出され、三十分の放鳥と自由時間が与えられる。その間にこがねは餌や水の摂取、排泄を行う。だがその時間も長続きはせずに住人が風呂に入る二十二時には、こがねの入った籠はストールに巻かれてクローゼットの中に仕舞われる。本来文鳥は十二時間以上光のあるなかで活動させなくてはならない。昼行性の文鳥は明るい時間に餌を食べたり水を飲んだり糞を排泄したりするのだが、その活動時間が単純に三分の一程度に減ってしまったことになる。人間と同様に文鳥も寝過ぎは体に毒で、これはこがねの体調を著しく悪化させることになった。

　そんな日が二日続いてこがねの精神は限界に達していた。倦怠感と疲労感を常に纏いながら、ストレスで体が痒くなり、足で搔くと羽根が異常に抜け落ちた。おまけに空気の循環が悪いクローゼットに閉じ込められたせいで慢性的に呼吸が浅くなり、体温の調節も思うようにいかなくなり時折痙攣するようになった。こがねは数分に一度、湿った体育館の床を運動靴で踏みしめた時のような声で鳴いてクローゼットから出すことを求めたが、住人はこがねが鳴けば鳴くほど苛立ってこがねから遠ざかった。そんな住人の態度に抗議するようにこがねは機械が故障したみたいなカカカという乾いた音を鳴らして威嚇したが、これも効果を発揮せずに住人は比較的静かさを取り戻した部屋で健やかに眠ってしまった。

　その夜、朝と夜のリズムが崩れて憔悴しきったこがねは、真っ暗なクローゼットの中で震えながら朝が来るのを待った。こがねは一刻も早く元の飼い主のところへ戻りたいと思い、生まれて初めて今以上の自由が欲しいと願った。そうしていつの間にか逆らえない眠気に襲われて気を失うように眠りに落ちていた。

朝、住人はカーテンから漏れる光に反応して目を覚ますと、首を上下左右斜めに回転させて辺りを見回した。それから溺れるみたいに両手と両足を激しくじたばたさせて布団を叩いたので、布団から羽毛が僅かに飛び出してふわりと舞った。何度か膝を曲げたり伸ばしたりしながら体勢を整えてぎこちなく上半身を持ち上げるとベッドの上に座り、再び首を素早く回転させて部屋の中を観察した。そして恐る恐る床に素足をつけた。熱い鉄に触れた時のようにつけたつま先を素早く引っ込めて、再び足を床に伸ばす。それを何度か繰り返すと慣れてきたのか、両足の裏をぴったりと床にくっつけてゆっくりと立ち上がった。歩こうとして何度か膝から崩れ落ちたが、平衡感覚を取り戻したのか、住人は部屋の広さを確かめるように両腕を広げながら部屋を一周し、洗面所で歯ブラシを見つけてそれを一旦口に咥えた。クローゼットを開いてハンガーにかかったワンピースを一枚手に取ると、その下にストールに巻かれた籠を見つけた。住人は籠を机の上に置くと、巻かれていたストールを剝ぎ取ってこがねに朝を与えた。こがねはずっと前から起きていたような機敏さで周囲を見回すと、元気よく鳴き始めた。羽をばたつかせて籠に足をかけて顔をくっつけてはくちばしを外に出してぱくぱくと動かしていた。住人は咥えていた歯ブラシを机の上に置くと、寝巻きを破ってしまいそうなくらい乱暴に脱ぎ捨てて、襟口から手を出したり生地をひっくり返したりしながら不慣れな手つきでワンピースを被った。その間にもこがねは元気よくキュキュキュキュ鳴くので、住人はそれに応えるように優しく舌打ちをした。そうして、籠に近寄ると籠の口を開けて、ベランダに続く掃き出し窓も僅かに開けた。それは住人がこがねを思い遣って取った最後の行動だった。住人は床に置かれた鞄を持ち上げ、靴下も穿かずに部屋を出ていくと、二度とこの部屋に戻ってくることはなかった。

　どこへでも行けるようになったこがねは籠からは抜け出したものの、まだ部屋の中にいた。文鳥は元々臆病な生き物なので、与えられた自由に対する身の振り方がわからないのだった。ぎこちない飛翔によって何度か壁に激突したせいでフローリングの床には抜け落ちた羽根が散乱しており、思うように制御の利かない排泄で白い糞が床やベッド、テレビの上などあちこちにこびりついていた。開きっぱなしだった掃き出し窓の隙間からは小さな虫やそれを食べるための蜘蛛などが入り込んで餌には困らないように見えたのに、生きた餌に慣れていないこがねは一切それらを狙わなかった。文鳥は急激な環境の変化に適応できない生き物なのだ。かといって籠の中に残った麦や粟などの穀物にも口をつけようとしなかった。当然のように空腹になり、昨晩まで受けてきた虐待による身体的負荷も相まって衰弱しているように見えた。日が暮れかけて部屋に橙色が滲むころ、一番長くて綺麗な尾羽が一本抜け落ちて、こがねは何かとてつもなく大切なものを失ったような気がした。泣きたくなったが、こがねは文鳥なので短い鳴き声をあげることしかできなかった。カーテンを開け放された部屋では太陽が完全に沈むと同時に夜が訪れて、太陽が昇ると同時に朝が訪れた。そのおかげで、こがねは数日ぶりに規則正しく眠りに落ちて規則正しく起きることができた。

部屋に陽が差し込むと、向かいの廃屋の屋上にいた野良猫が飛び跳ねてこの部屋のベランダに着地した。丸々と太っていた野良猫は液体みたいにその体を縦に伸ばして掃き出し窓の隙間から部屋に滑り込むと、その体軀からは想像もできないような俊敏さで床から飛び立ったこがねをはたき落とし、痙攣するこがねを口に咥えると来た道を戻ってするりと窓の隙間から出ていった。一瞬の出来事のあと、ついにこの部屋からは住人もこがねもいなくなってしまった。

それが約束の一週間が経った当日の出来事。空っぽになった部屋にインターホンの呼び出し音が鳴った。

もぬけの考察

私の人となりを簡単に説明するとエレベーターに乗り込む時、いつも落ちると思う側の人間である。ただ落ちると言っても、どのタイミングで落ちるかで印象は大きく変わるかと思う。エレベーターの中に足をかけた瞬間に落ちたならば犠牲は片足に留まる。処置にかかる時間にもよるが生存確率は高い気がする。体がすべてエレベーター内に収まっていれば、そんなに高さがない場合はもしかすると一命を取り留める可能性もある。最悪死んだとしても遺体はおそらく損壊なく棺に入れられるはずだ。一番避けたいのはエレベーターの乗り口に頭がある瞬間に落ちることである。この瞬間に落ちると間違いなく人間の形を留めたまま死ぬことはできないし、最悪本人確認もできない可能性がある。何よりかなり体液が飛び散りそうなので、建物に多大な迷惑がかかる。それだけは避けたいといつも思いながらエレベーターに乗り込む。ちなみに、その杞憂のために階段を使うことはしない。階段を使うくらいならエレベーターに潰された方がましだとどこかで思っているのかもしれない。そのような可能性と取捨選択について、至る所で考えながら私は生き続けている。朝起きて水を飲む時、調理をするために包丁を手に取る時、歩道を歩く時、他人と会う時、夜寝る前、明日目が覚めないかもしれないと毎日考える。決して死にたいわけではないし、痛いのは最も嫌いなことであるので常に幾つもの自分が死ぬ可能性を考え続けながら、いつ死んでもいいように覚悟を決めて生きている。何故そんなことを考えているのかというと、今は死なないだろうと高を括っている瞬間に死ぬことこそが、私にとっては一番恐ろしいことだからである。

エレベーターの話題から始めたのは、引っ越し先のエレベーターのパネルが初日から破壊されていたからであるし、破壊した人間を防犯カメラが鮮明に映し出した画像が出力されて警告文と共に一階のエレベーター前に貼り出されていたからに他ならない。画像には傘の石突きを使って液晶パネルを破壊している黒いTシャツを着た男の影がくっきり写っていて、右下に深夜二時台の時刻が白字で記されていた。酔ってか癇癪を起こしてかは知らないが人の命を運ぶ精密機械を破損させるようなことをどうして思いつくのか、他人の考えていることは全く想像の斜め上を行くものである。そもそも、私が引っ越したマンションの四〇八号室は管理会社の管理の杜撰さが見え隠れする物件だった。床には一センチほどのフローリングが削れたような窪みがあるのに修繕されておらず、玄関ドアのゴムは微妙に傷んでおり締まりが悪い。おまけに入居当日からエアコンは壊れていたし、内見時に他の部屋についていたシーリングライトはついておらず、自分で手配する必要があった。そのため一週間ほどは夜になるとガス台の照明を頼りに暮らす羽目になった。さらにベランダから見える景色は惨憺たるものがある。逆に白シャツを薄茶色に染め上げてしまいそうな泥だらけの洗濯機と水が流れ落ちて植物がまるで育ちそうもないひび割れた鉢植え、天日干しにしたまま忘れ去られたのか、それともそこで飛び降り自殺でもあったのか、スニーカーが二足、何かの現場検証の後かのように揃えて置かれており、天気の良い日は巨大なドブネズミと見紛うほどの野良猫が日によって数を変えながら日向ぼっこしている。設備が良い割には家賃が安いと思って決めたらこの有り様である。もともと治安の良い地域ではないと聞いていたが、ベランダの向かいの廃屋のさらに向こう側を見やると、十数年前に壊滅されたという売春と麻薬取引が横行していたゴーストタウンが広がっている。通りを歩くと軒並みもぬけの殻であり、家財や看板などは建物の外に出されて野晒しにされている場所もある。周辺を歩く人間もどこか鬱屈した表情であるし、どこまでが堅気の不良でどこまでが堅気ではない不良なのか未だ私には見当がつかない。そもそも不良ってのはどうしてあんなに歩くのが遅いのだろうか、下手に追い抜くと舌打ちしてくるから合わせてのろのろ後ろを歩くしかない。そういう近隣住民や過去の歴史からなる負のオーラを包み隠すみたいに高架下の壁には現代アートなるものが描かれている。土地に根付いていない芸術や文化をさも我がもの顔で貼り付けているのが明け透けに見えて、これには引っ越し早々滑稽で笑わせてもらった。そういう土地であるからして、管理会社が杜撰でも仕方がないものだと思う（管理会社自体は新宿に本社があるのだが）。そして、極めつきは一階のポストである。ポストの鍵は壊れておりそこには大量のチラシと郵便物が押し込められていた。郵便物の処理については、管理会社へ電話をすると「自己判断でお願いします」ときた。全くもって無責任である。すぐにゴミ箱に捨ててやりたい気持ちになったが、どうやらそれをすると法律に反するらしい。私はポストに入っていた夥しい量の紙類、時には箱状のものをとりあえず時系列順に並べてみることにした。何故そんなことをしたのかというと、それらの郵便物には多少なりとも私の想像力を掻き立てるような要素があったためである。まず、郵便物に記載されていた名前は「若葉栞」。彼女は国民的男性アイドルグループのファンで、チケットを手に入れるためにこの住所でファンクラブの名義を二つ持っているほど熱心なファンである。会員限定の特典らしき封筒は同じ色と形状のものが二つずつ届いており、別名義の若葉薫とはおそらく彼女の姉か妹か母親である。卒業した大学の同窓会報がちゃんと一人暮らしの家に届くあたり、生真面目さが窺える。そんな彼女であるが、退去日の数ヶ月前にはこの部屋から姿を消しているらしい、ということが光熱費の検針票から推察できた。そして、家賃を踏み倒し、保証会社の幾度もの注意勧告にも応答せず、ついに賃貸借契約の内容に則って承諾を得ずにこの部屋が再び貸し出されることになったのだろうということが二週間ごとに届いている警告ハガキから推測できた。もちろん若葉栞なる人物は数ヶ月前から姿を消しているのであるから住所変更の手続きやガス、電気、水道の解約なども行われず、このポストはそれらの無駄な配達物を私が越して来るまで溜め込んでいたということになる。仲介業者にこの部屋を紹介された時、退去日が大晦日であった時点でおかしいと気付くべきであった。その時は直接内見が出来ないのは残念だがまあいいか程度に捉えていたが、大晦日に引っ越しするなんて傍迷惑な人間がいるはずないではないか。そもそも人なんてこの部屋にはもうずっと住んでいなかったのである。賃貸の部屋で人が死んだ場合、その部屋は事故物件として「告知事項あり」という表記が付け加えられるが、失踪が起きた部屋というのは円満な転居が行われた部屋ではないにもかかわらず事故物件にはならない。住人がどのような事情で部屋から消えていたとしても、その事実を貸主が契約時に告知する義務はないし、借主が知る権利もないのである。では、若葉栞は一体どこへ消えたのだろうか？　その疑問が渦を巻き私の頭を支配して、今こうして私はこの部屋から失踪した若葉栞についての考察を記し続けている。私は引っ越して来るまでにこの部屋で起きた出来事を知ることはできないので、ここに記してきたことはすべて推測であり妄想でありただの考察に過ぎない。それが本当にあった出来事なのか、それとも私の作り話なのかはもはや重要なことではなく、考えて記すという行為そのものに意味があるのだと今は考えている。若葉栞はインターネット上で詐欺を働いておりついに居場所を突き止められそうになったために急いで蒸発したのだとか、誘拐事件に遭って今ももしかすると警察が足取りを追っているのだとか、それとも誰にも何も告げずに森林浴へ行った折に樹海へ迷い込みちょっとした手違いで行方を晦ませてしまったのであるとか、日に日に自分の顔や名前を思い出せなくなり帰る場所すらもわからなくなってしまった結果、未だに自宅を求めてここら辺一帯を彷徨い歩いているのだとか、実は狸が化けて人間のふりをしていただけであって最初からこの部屋に人間は住んでいなかったのであるとか、そういうくだらない話をいくつも膨らませては記して過ごしてきた。考察するだけであれば無限の可能性がそこには広がっており、私は飽きることなく記し続けることができた。

ところで、私が今描いている絵の話をさせていただこう。私は年に一枚から二枚、百号ほどの大きさの油彩を描いて売ったり、依頼された挿絵を納品したりしながら食い繋いでいる貧しい画家である。私は物書きではないからもちろん今こうしてペンを片手に描きたるは点と線と面で構成された絵であり、これまでの考察がもし文字媒体で貴方に読み解かれているのだとすれば、それは私ではなく貴方でもない第三者が存在していて私の思考を言葉に変換しているに過ぎない。私は今もこうして絵を描いているのであるが、その絵というのは部屋の絵である。もっと具体的に言うとすれば私は自分の部屋の壁に向かって自分の部屋を模写している。部屋の壁は既に部屋の一部であるのだから、その部屋に部屋の絵を描いて何になるのだと言う人もいるかもしれない。それは至極真っ当な意見であると認める。私にはこの部屋をインスタレーションとして公開する予定も、それで一儲けするような商才も無い。しかしながら、この部屋で起こったことを考えるにあたって部屋以上のキャンバスも部屋以上のモチーフも思い浮かばなかったのである。つまるところ、今、私は私が入居するまでもぬけの殻となっていたこの部屋についての考察をしながら正真正銘に「部屋」という作品を生み出している最中なのである。そういえば、私は描かれた絵のタイトルをつける際、いつも疑問に思うことがある。大体の絵画というのは描いた物の名前を絵のタイトルに付けがちであるが、描かれた物そのものに何かの価値はあるのだろうか？　絵というものは描いている間に考えていたことにこそ価値があるのではないかと私は常々思っている。そうして、描いている間に対象物のことを熱心に考えている人間なんていうのはそうそういないとも思う。おそらくは愛する恋人の肖像画を描いている時くらいであろう。大体の人間はリンゴを描きながらリンゴのことなんか熱心に考えてはいないだろうし、ブルータスをデッサンしながらブルータスの人生に思いを馳せたりなんてしないだろう。人は絵を描くとき、その日何を食べるかであるとか、晩に放送されるテレビドラマの内容であるとか、その時々に好きだった人間や昨晩の情事、その日の天気や家で飼っている犬のことなど、至極一般的な日常のことを考えながら手を動かしているに決まっている。そういう散漫な思考を持ちながら絵を描いていると、たとえ画面上に描き出されたのがブルータスであってもタイトルは「私の恋人」にすべきであるし、ワインボトルと南瓜とナプキンの静物画を描いたとしてもタイトルは「今日の献立」にすべきであると思う。絵というものは数式と同じく知らない人間には出力された記号やモチーフの羅列にしか見えず、そこに込められた主張やメッセージなどは見えて来るはずもない。そんなものは伝わる人間にのみ伝われば良く、または伝わらなくても良く、それが誤認識であってもよく、描いた人間さえわかっていれば後はどうだって良いものなのだ。しかし、その思想からすれば私はまさに今部屋のことを考えながら部屋に部屋の絵を描いているのであるからこの作品のタイトルは「部屋」で間違い無いだろうと思う。タイトルの話はこの辺にして、私はこの部屋を模写しながら同時に行っていることがある。私はある日壁に机を模写した。我ながら細部まで木目の描写が行き届いている焦茶色のそれはどう見ても机であり、机以外の何物にもなり得なかった。すると私の部屋には机（絵）と机（実体）が存在し始めた。部屋に二つも机は必要ないので私は捨てられる方の机（実体）を捨てることにした。机（実体）はまた買えば良いが、机（絵）を消してしまうとこの部屋という作品が完成することは一生訪れないからである。実際、壁に机の絵があると、もう空間を占領していた机はいらないような気がしてきた。一度机（実体）を捨てると、この部屋にあるものすべてが私に描かれるために存在しているような気がしてきたのである。そうして精密に模写し終わった瞬間に実物は私にとって必要のないものとなったので、同じようにタンスもテレビもベッドも描いては全部捨てていった。今この部屋に残っているものは私自身と少量の筆記具のみとなった。これが究極のミニマリストのあるべき姿である。寝る時、私は壁に描かれたベッドに添うようにして眠っている。寝心地はあまり良くないが、この作品を完成させるまでの辛抱である。窓には油性のマジックでカーテンの絵が描かれているのでステンドグラスのように隙間から光が差してくるようになった。そして、私は今、まさに今この瞬間に自分を壁に描き出している。身長百六十四センチ細身の自分がこちらを見ている絵を描くために、姿見はぎりぎりまで捨てることができなかった。この時、生きているものと生きていないものを描くのはわけが違うのだということを改めて私は思い知った。何度も鏡越しに自分自身を確認しながら薄く鉛筆で全身を写し取ったのだが、今まで描いては捨ててきた家具とは違って服の皺は動くたびに変わるし、体の厚みや髪の長さや顔つきも日々移ろっているように見えて、なかなか一つの絵にまとめ上げることができなかった。変化し続ける私が絵にされることを拒んでいるようにも見え、不完全な自分の姿を一応完成という形に押し込めて、妥協の末に姿見を捨てたのはつい先週のことだった。それからは黒インクのペンで薄く引いた線をなぞり全身を浮き上がらせ、髪の一本一本を細かく描き入れた。一度集中し出すと疲れを感じず、何も口にしないまま日が暮れることもたびたびあった。時計の無い部屋で時間を正確に計れてはいないが、おそらくはタンスの五倍近くの描画時間を要し、いよいよあと少しで完成するところである。そう、この目を黒く塗り潰せば完成する。そう思って黒目の瞳孔にペンを置いたところ、黒目がくるりと回って私の目とぶつかった。

瞬間、私の手からはペンが落ちてからりと床に転がった。そのペンを拾おうとしても拾うことはできなかった。頭の中では確かに体を動かしているという意識があるのだが、それに視界が追いついていないような感覚があった。そもそも先ほどとは視点が逆転しており、振り返ったつもりもないのに私の目の前には私の肖像ではなく、ずいぶん前に描いたベッドの絵が見えた。その時に、私はもうペンを摑むことのできない存在になっていることに気が付いた。好奇心は猫をも殺すと言うが、行き過ぎた好奇心と妄想の果てに、私は実体を失って私の描いた私に吸収されてしまったようだった。それから、しばらくは退屈な日々が続くことになった。セールスがきた時、久しぶりに人を見たくてドアを開けても住人の居ない部屋のドアが勝手に開くと心霊現象だと勘違いされてしまうし、部屋で出来ることは限られている。テレビも捨ててしまったからバラエティ番組を見ることもできないし、この部屋には私が元いた住人と部屋についての考察をしながら描き出した部屋の絵しか残っていないのだった。楽しみといえばベランダの窓を誰にも気付かれないように僅かに開けて、新鮮な空気を採り入れることくらいである。部屋の一部になったことで生理現象もなくなった。食欲も尿意もないので、水道代も光熱費も掛からなくなったし、他人との関わりが一切なくなったことによって心は平べったくどこまでも穏やかだった。名前なんてものもしばらく呼ばれないうちに忘れていった。そもそも私は最初からこの部屋には存在しておらず、私を描いていた人間が突然目の前からいなくなってしまっただけなのではないだろうかとさえ思うようになっていた。私が存在していた証拠はここに描かれた部屋の絵のみであるが、それを本当に私が描いたのかということさえも今となっては証明が難しく、記憶も怪しくなってきている。無機質なこの部屋においては外界のすべてがぜいたく品に思えた。私に与えられる刺激は朝昼晩、飽きもせずにマンション前の四車線の道路を走り抜ける救急車や消防車のサイレンの音、バイクが深夜に高速で走り抜ける音、酔っ払いの咆哮に女の悲鳴と子供の喚き声、稀に交通事故が起きたときのような衝撃音。そうだ、私が引っ越してきて二日目の深夜、マンションの前の横断歩道で交通事故があり一人の男が死んだのだった。夜中、急ブレーキの音が聞こえ、ただならぬ衝撃音が響いた。少し驚いたが、しばらく何の音も聞こえなかったので外の様子を確認することもなく私は部屋で絵を描いていた。それから一時間ほど経って救急車のサイレンが聞こえ、男は搬送されたが死んだのだという内容を翌日のネットニュースで見た。轢き逃げだったらしく犯人は捕まっていない。発見が早ければ助かっていたのかもしれないし、もう手遅れだったのかもしれない。外出すると見たくなくても二リットルのペットボトルに入ったミネラルウォーターと仏花が電柱に括り付けられているのが目に入った。こんなに近くで人が死んでも私はそれを察することなんてできないのであるとその時に思ったのだった。私はそのころから部屋の中に意識を向けて生活していて、部屋の外で起こっていたことについてはとことん無頓着であったので、いずれこうなる運命だったのかもしれない。床についた傷の数や壁紙のつなぎ目の位置は正確に把握しているのに、引っ越してきた街の地形については何一つ覚えられなかった。地図を描けと言われても目の前の道路がどの道に通じてどこへ向かうのかということをまるで把握していない。近所にある店々もその実態が何であるかをよく知らないままでいる。知らないままでいるということとは興味がないということである。それでいて何もかもを知った気になって馬鹿にする悪癖があるのだから救いようがなく救われる道理もない。人の存在しない部屋での時間は止まったように過ぎていった。絵の中には時間が存在しない。描かれてきた時間と鑑賞される時間が存在しているのみで、そのどちらも人がいなければ成立し得ないのだった。部屋の中が明るくなったり暗くなったりすることで二十四時間を辛うじて感じるが、描かれた私にとってその時間単位に何の意味があるのかは不明だった。夏になり湧いてきた蜘蛛も冬になるとどこかへ消えていった。私は時間や気温や湿度に影響されずにただそこに意識として存在しているのみだった。夜が来ると、隣の部屋に住む男の大きな咳込みの音が聞こえ、隣の部屋に移動できないだろうかと考えもしたが、でんぐり返しをしてもブリッジをしても痒いところに手が届かないようにギリギリのところで何もかもうまくはいかなかった。

そうして半年ほどが経ったころ、業者が部屋に入り込みこの部屋の撤去が始まった。撤去と言っても家具はほとんどを描いたそばから捨てていったので業者は拍子抜けするに違いなかった。半年ぶりに鍵が開いて業者がその壁を見た瞬間、「うわ、なんだこれ」と頭にタオルを巻いた若い男が首を傾げ「あのなあ、こういうのはいちいち考えてたら頭がおかしくなっちまうから、何も考えないで無心で剝がしてけ。とっとと片付けるぞ」ともう一人の年長の男が言った。二人はまず部屋中を隈なく確認して、洗面台下の戸棚に入っていた石鹸やスポンジのストック、台所の下に忘れ去られていたラップや鍋を次から次へとポリ袋に放り込んでゆき部屋を軽くした。それから霧吹きで壁紙に水を吹きかけて、繫ぎ目に薄いカッターの刃を慣れた手つきで滑り込ませた。正直な話をすると私は少しばかりこの瞬間に期待をしていた。私が同化しているのがこの部屋の壁に描かれた私であるならば、壁紙を剝がした瞬間に私はこの部屋から脱出できるのではないかと考えたためである。しかしそのような期待は的外れであった。壁紙が剝がされた瞬間、私は衣服を脱がされたような肌寒い感覚に襲われたが、私の意識は依然として剝がされた壁紙ではなく、部屋を構成するモルタルの壁に留まっていたのだった。手際よく壁紙が剝がされ、丸められ、小さくなって部屋の外に運び出されるのを見届けると、玄関から新しい壁紙（織物の表面のようにエンボス加工された塩化ビニル製の白いもの）が運び込まれ同じく手際よくひんやりと冷たい糊が塗られてぺったりと貼り付けられた。ローラーでゴロゴロと接着され下ろしたてのスーツを纏ったときのような新鮮な気持ちになりはしたが、依然として私は部屋の一部であり続けた。ついに、私は契約が切れてもこの部屋から抜け出すことはできなかったのである。真っ先に考えたことは、部屋の一部となった私の死は訪れるとしたらいつなのだろうかということだった。人間として生きるよりも死の選択肢が狭まったような気がする。建物が取り壊される時、火事で焼ける時、地震で倒壊する時。その三つほどしか思いつかない。人間の平均寿命は年々伸長しているが、建物の平均寿命については考えたこともなかった。賃貸で築三十年以上のものはあまり見かけないが、歴史的建造物ならば修繕を繰り返して千年以上形が保たれることだってあるだろう。いずれにせよ不慮の事故が起きない限り部屋は計画的且つ人為的に破壊されることになる。その日が訪れるまで怯えて過ごすのも、今では滑稽なことに思われた。そして自らの意思で移動できない今、私に出来ることは限られている。私は部屋を描きながら私が引っ越してくる前までのこの部屋での出来事を考察してきたが、これからは一生この部屋で起こったことしか描き出すことができないのだと悟った。ハウスクリーニングがすんだまっさらな部屋で自分が描いた絵を鑑賞することもできなくなった私は思考でありとあらゆる想像を描くことで気を紛らわせようと試みた。しかしモデルがいないスケッチほど退屈で発展性の無いものはなかった。つまりこれから先この部屋に人が住まなければ、私の余生は酷く退屈なものになる。部屋である私に可能な機能は知覚して思考したことを描き出すことに終始している。つまり目の前で何も起こらなければ当然私にできることは皆無で、この部屋に人が現れなければ私は自分の存在を証明することもできない。そもそも証明するという行為自体他者がいなければ成立しない行為であって、一体誰に何を証明するのだろうかと途方に暮れる。ひどく落胆を覚えたが、それが私のどの部分で感じたものなのか、はたまたそんな感情が私のどこかに本当に存在しているのかさえも疑わしく思えてくる。私にはこの権利とも義務とも言えない能力未満の何かを今にも放棄することだって可能であるのだと考え出した。だが、そんな心配も杞憂に終わった。流石、条件に対して家賃が安いだけあって、そうこうしているうちに、数名がこの部屋の内見に訪れたのだ。それは老夫婦であったり単身赴任のサラリーマンであったり、初々しい社会人一年目の女であったりしたが不思議なことに皆一様に風邪気味らしくマスクをつけていた。体調が優れない日にわざわざ内見をしなくてはならない事情があるのだろうかと気の毒に思う。この日の最後に訪れた真面目そうな女は、「毎日会社へ行く必要も無くなったので、少し会社から離れた安い場所に引っ越そうかと思って」と言っており、営業の男は「そういう人、最近増えてるんですよね」と穏やかに返していた。女性はこの部屋は好感触だったようで候補に入れると言っていたので、あと数週間するとこの部屋には彼女か、もしくは別の人間が入居してくるのだという予感が私にはあった。おそらくモデルはこれから先、次から次へと現れることになるのだろう。とはいえ手も足も口もない私にできるのは空中に思考で改変可能な出来事を描き出すことくらいである。思い描いては消えるこの思考が何かに集約されて貴方の目に触れることがあるのだとすれば、それはやはり私ではなく貴方でもない誰かが私の思考を読み取って可視化したものにすぎないのだろう。視点はどこだってよくてどこだって不完全であるが、お気に入りの場所は一箇所だけ決めてある。私がこの部屋の住人であったころ、この部屋に以前住んでいた住人の顚末を考察し続けていたが、それも私自身が前の住人と化してしまった今、終わりとなった。

よって、これから私がこの部屋の空中に思考で描き出すのは、この部屋に越してくる新しい住人の記録である。

初出　「群像」二〇二三年六月号

村雲菜月（むらくも・なつき）

一九九四年、北海道生まれ。
金沢美術工芸大学美術工芸学部デザイン科視覚デザイン専攻卒業。
「もぬけの考察」で第六六回群像新人文学賞を受賞。

もぬけの考察《こうさつ》

二〇二三年七月二七日　第一刷発行

著者　村雲《むらくも》菜月《なつき》
発行者　鈴木章一
発行所　株式会社講談社
〒一一二-八〇〇一　東京都文京区音羽二-一二-二一
電話　出版　〇三-五三九五-三五〇四
販売　〇三-五三九五-五八一七
業務　〇三-五三九五-三六一五

印刷所　凸版印刷株式会社
製本所　株式会社若林製本工場

KODANSHA

ISBN978-4-06-532685-5